GOBOOKS
& SITAK
GROUP©

GOBOOKS
& SITAK
GROUP©

三日月書版

三日月書版

輕世代
FW166
作者 水果布丁
畫者 arico
volume
1
★偶像房東靈房客★
早安，幽靈小姐
おはよう幽霊のお嬢さん
Good Morning
三日月書版

早安，幽靈小姐

おはよう，幽霊のお嬢さん

Characters

保護寵物不被超渡是主人的義務。
Super Idol

Good Morning

莫榛

男主角，20歲左右，180cm，高傲不可一世的人氣明星，其實內心很保守，所以不輕易靠近別人。

阿遙

女主角，18歲左右，158cm，身材纖細，性格活潑，因受傷昏迷而靈魂脫體，目前為幽靈狀態。因失去記憶，名字是從莫棒專輯名稱「遙不可及」而來。

早安，幽靈小姐

おはよう，幽霊のお嬢さん

contents

Good Miss Phan

第一章

榛子

機場的LED螢幕播放著一則沐浴乳廣告，廣告中的帥氣男星讓不少路過的女性下意識放慢腳步，專注地看著。

向雲澤抬眸看了一眼，明明是女性沐浴乳，卻找了男人來代言，不知道廠商是怎麼想的。不過從那些指著螢幕尖叫的女生來看，效果似乎不錯。

他收回目光，跟著人潮走到機場外，一眼便看見停在馬路對面的棕金色休旅車。

嘴角勾起一個淺淺的弧度，他拖著行李箱朝休旅車走了過去。

打開後車廂，將行李箱放進去後，向雲澤立刻坐進後座，和裡頭的年輕男子對上了眼神。

男子沒有親暱地打招呼，只是輕輕點了點頭，便將視線移向窗外。

車子平穩地發動，一路上車內相當安靜，向雲澤也樂得閉目休息，長時間的搭機耗費他不少精神。

「向博士，終於捨得從美國回來了？」

向雲澤緩緩睜開眼，對著男子笑了笑，「因為我突然發現，比起美國，我更加捨不得你。」

男子的嘴角抽了抽，「專程從美國回來嚇我，成本過高。」

向雲澤哈哈笑了兩聲，眼光不經意地掃過路旁的大型看板，上面印著的人正是代言女性沐浴乳的男星，也是此時坐在他旁邊的人。

「有莫天王親自來接機，多少成本都值得了。」向雲澤故意曖昧地往莫榛的肩上靠去，就連聲音都跟著軟了下來，「如果我們被拍到，明天的頭條會不會是『人氣天王莫榛戀情曝光，親自接機與同性戀人放閃』？」

莫榛斜睨向雲澤一眼，這位朋友不去當記者真是可惜了，標題下得不錯。

「如果你不怕被向爺爺打死，我不介意和你出櫃。」

說到「向爺爺」三字時，整臺車抖了一下，莫榛和向雲澤同時朝駕駛座看去。

負責開車的唐強乾笑兩聲，有些心虛地道：「剛才路上有石頭。」

向雲澤挑了挑眉，似笑非笑地道：「我記得這是一臺休旅車吧？」

唐強鎮定地點了點頭，「那、那顆石頭有點大。」

向雲澤哼笑一聲，將頭從莫榛肩上移開，懶洋洋地道：「不過話說回來，我寧願跟唐強出櫃，也不願意跟你出櫃。」

車子再次抖動了一下，莫榛冷淡的目光又掃了駕駛座一眼。唐強哭喪著臉從後視鏡看著向雲澤，「向先生，如果你無論如何都要出櫃，可以考慮秋意，別拉我下水吧。」

莫榛漫不經心地道：「唐強寧願跟我出櫃吧。」

車子沒再抖動，而是直接在路邊停了下來。

「莫榛、向先生，你們別鬧了……」唐強光想像就覺得恐怖，就算後座那兩個人是美男子，他也不想出櫃啊！

向雲澤忍不住哈哈大笑起來，「唐強，你怎麼能忍受他這麼多年？當他的經紀人真不容易。」

唐強深深地點了點頭，其他明星在他面前都是乖乖聽話的，唯獨到了莫榛這裡，雖然還是乖乖聽話，不過是他聽莫榛的。

莫榛出道那年，唐強也是個剛應徵上經紀人職位的新人。十六歲的莫榛臉上雖然還帶著些許稚氣，但天賜的帥氣外貌足以讓所有人為之驚豔，甚至簽約的過程也相當神奇——只是借用凱皇經紀公司的廁所，就被該公司的董事長一眼相中，親自將他簽了下來。

太過出色的相貌其實是把雙刃劍，既是優勢，也是劣勢，很容易被當成裝飾品一般的存在，實力不被重視。當時公司直接把莫榛定位成「偶像」，把他交給了一樣是個新人的唐強照顧。

後來，莫榛用實力證明了自己，狠狠打腫了低估他的人的臉。

他的第一部電影《血騎》，是相當低成本的作品。許多觀眾在看完這部電影後，對劇情沒什麼印象，反而記住了裡頭張揚跋扈的外族少年。雖然莫榛的出場前後加起來不超過十分鐘，卻是那部電影中唯一的亮點。

出色的相貌自不必說，那位外族少年輕狂不羈的眼神更是像一把鋒利的刀，一筆一劃地刻進了觀眾心裡。

《血騎》上映後，票房慘澹，卻讓很多人注意到了莫榛。

公司也是在那之後重視起莫榛的——這個人，絕非「偶像」這個框架所能駕馭，他有更大的舞臺。

莫榛的經紀人也從唐強換成了凱皇的王牌經紀人羅天成，可是前後不到五天，莫榛又回到了唐強身邊。

這件事一直是唐強人生中不可解的十個謎題之一，他曾問過莫榛，可惜對方隻字不提，他只好識趣地不再問。

作為一個新出道的經紀人，唐強手裡的資源沒有羅天成多，所以始終覺得自己對不起他。

幸好莫榛很爭氣，就算只是演一個小配角，也總能比男主角更加耀眼。演電影，出唱片，拍廣告，莫榛的實力得到越來越多人認可，知名度也越來越高，就算唐強手裡沒有好資源，好資源也會自己出現。

如今二十六歲的莫榛，已經拿過三座影帝，是萬人崇拜的天王巨星；唐強也從一個新人，一躍成為和羅天成平起平坐的王牌經紀人。

此時，莫榛的說話聲打斷了唐強的回憶。

「向博士，終於要回來和你的小女朋友結婚了？」

說到這個，向雲澤玩世不恭的臉上終於出現了一絲正經神色，「我倒是想，不過在那之前得先跟她告白。」

唐強看著向雲澤難得一見的正經樣，忍不住問道：「向先生，你一定很喜歡她吧？」

莫榛呵了一聲，聲音帶著一絲嘲弄，「向博士可是連她的照片都捨不得給我們看啊。」

向雲澤看了他一眼，「莫榛，我說過，如果你看見她，一定會愛上她。」

莫榛回過頭來，定定地看了向雲澤良久，才撇了撇嘴角道：「比起她，我更喜歡你這種幽默感。」

向雲澤一聽，也跟著開玩笑道：「難怪你開這麼暴發戶顏色的車子出來，真的想和我出櫃嗎？」

這句話成功地讓莫榛的眼角跳了兩跳，「這是奢華金！」

向雲澤對他眨了眨眼，「你沒有否認想和我出櫃這一點。」

莫榛扭過頭去，對著駕駛座的方向道：「唐強，在下個路口停車，讓向博士滾下去。」

向雲澤失望地搖了搖頭，「莫天王，作為一個巨星，你這麼沒有風度是很容易被人討厭的，你知道現在粉絲轉黑粉的威力有多大嗎……」

「唐強，現在就停車，向博士急著要走。」

「……」

接下來，一路上變得很安靜。

兩人在餐廳吃完飯，徹底敘舊完畢後，向雲澤的接風秀便殺青了。莫榛因為還要趕去片場，不能送他到家裡，只能請向家的司機來接。

兩人在停車場分道揚鑣，唐強載著莫榛一路趕往片場。

今天是《上帝禁區三》開拍的日子，劇組本來打算發布會結束後一起去聚餐，結果六點時下了一場大雨，且完全沒有要停止的意思，大家只好各自回家。

雖然有撐傘，但大雨仍然濺得莫榛滿身是水，他心情很差，決定自己開車回家休息。

莫榛的房子位在高級住宅區，裡面都是獨門獨棟的別墅，並且兩棟房子間的距離很遠，能充分保護住戶的隱私。

嘩啦嘩啦的雨聲在莫榛耳側響個不停，他抬眸看了一眼眼前的房子，眉頭微微一皺。

門口蜷縮著一個女孩，抱著雙腿將頭埋在膝上，看不清楚臉。

第二章

貞子

愣了一瞬間後，莫榛直接裝作沒看見她，逕自將車開進了車庫。

從車庫出來，女孩仍坐在門口，連姿勢都沒變。大雨自天空傾盆而下，女孩身上的衣物卻完全沒有淋濕，和莫榛狼狽的落水狗模樣完全成反比。

雨水順著額前的髮絲緩緩滴落，他輕輕甩了甩頭，掏出鑰匙開門。

似是察覺到有人，女孩抬起頭，一雙墨黑的大眼睛眨也不眨地盯著莫榛。

即使是習慣旁人目光的莫榛也有些不自在，他盡量克制看向那個女孩的衝動，目不斜視地輸入密碼，開鎖進屋關門。

砰一聲巨響，女孩嚇得站了起來，打量著那扇朱紅色的大門。

接著，穿門而入。

莫榛剛脫掉外衣，擦著頭髮準備洗澡，女孩穿過房門，飄到他身邊繼續呆呆地看著他。

莫榛的眉頭又蹙了起來，雖然他偶爾會看到這些「好朋友」，卻沒被這麼近距離盯著過。轉過身，他邊擦頭髮邊上了二樓，繼續假裝沒看到。

女孩一直跟在後面，看著莫榛進了房脫了上衣，拿著衣服進浴室，那扇半透明的磨砂門再次重重關上。女孩頓了一頓，還是決定穿進浴室。

莫榛褲子脫到一半的手一僵，看著一半身體在門內、一半身體在門外的女孩，終於忍無可忍地大吼道：「不要再跟著我了！」

這一吼威力十足，女孩被他吼得一愣，雙眼卻有了神采，「你看得見我？你真的看得見我？」她激動地揮舞著右手，在莫榛眼前晃來晃去。

莫榛不耐煩地嘖了一聲，揮開女孩的手，當然，他只是從空氣中穿了過去。

女孩看見莫榛的手穿過自己，失落地停下了動作。

莫榛重新將褲子穿好，正式地打量起女孩。大約二十歲出頭，一頭長髮柔順地垂到腰際，微捲的髮尾使得恬靜的氣質中增加了幾分俏皮。身上穿著一件藏青色的海軍風洋裝，五官精緻，眼神清澈，足以成為很多男人心目中的女神了。

好吧，莫榛承認他有那麼一瞬間的驚豔，不過也只有一瞬間。

因為他比誰都清楚，眼前的這個女孩只可能是女鬼，而不是女神。

「請妳出去。」莫榛耐著性子指了指門口，希望對方識相一點，自己離開。

不過說來奇怪，自從去山上拜了師父後，他已經好久沒看見了，怎麼現在又突然冒出來一個，而且還是在自己家門口？

女孩委屈地看著莫榛，小聲說道：「我沒有惡意。」

所以妳只是想看我洗澡，是嗎？莫榛的眼角跳了跳，這個女孩不僅是鬼，還是一隻色鬼。

「出去。」話裡明顯多了命令意味，那舉在半空中的手在女孩幽怨的注視下紋絲不動。

「哦。」女孩垂下頭應了一聲，心不甘情不願地飄出了浴室。

莫榛洗完澡至少是一個小時之後的事了，可是女孩還待在他的房裡。

主臥室的牆上貼著一張大海報，是《血騎》出ＤＶＤ珍藏版時附送的限量贈品。而海報上的人，當然是十六歲時的莫榛，一副外族少年打扮。

至於為什麼像《血騎》這樣的爛片還會出珍藏版，真的有人買嗎？答案是肯定的，不僅有人買，還有很多人買。

莫榛紅了以後，就連這部片子的評價都跟著提高了。莫榛首次拍電影時的角色，不但沒有成為丟臉的紀錄，反而成為無數粉絲懷念和膜拜的對象。

我們家榛子果然帥到沒話說！

這是所有莫榛粉絲的心聲。對了，榛子是她們對莫榛的愛稱。

這個角色對莫榛本人而言，也具有里程碑似的意義，不過將自己的海報貼在臥室牆上，除了鞭策自己以外，自戀的原因可能多一點吧。

本來專心打量著床頭海報的女孩，聽到背後動靜，回過了頭。

莫榛下意識地拉了拉領口，語氣不善地道：「妳怎麼還在這裡？」

頭髮。

女孩飄到莫榛跟前，眼裡隱約閃爍著淚花，「我不知道該去哪裡。」

「從哪裡來，就回去哪裡。」莫榛走到鏡子前，拿起桌上的吹風機開始整理頭髮。

女孩呆呆地看著他吹完頭髮，才又可憐兮兮地道：「我不記得了，真的，我連自己是誰都不記得了。」

莫榛撥了撥瀏海，冷淡道：「那和我沒關係。」

「當然有關係！」女孩突然激動起來，「你是半個月以來第一個看見我的人，而且你不僅能看到我，還能聽到我說話！我是不會離開你的！」

莫榛沉默了。

如果一個漂亮的女人對你說「我是不會離開你的」，也許他心中還會有些竊喜，但若是一個漂亮的女鬼這麼說，那就另當別論了。

他煩躁地揉了揉半乾的頭髮，「隨便妳，妳要是不走，我就找人來抓鬼。」

「抓鬼」兩字似乎威脅到了女孩，只見她頓了一瞬，神情悽楚地看著莫榛，「我真的不會害你，我只是一個什麼都不會的小女孩，你不要找人來抓我。」

莫榛無言地心想，如此精湛的演技，這女孩在世時一定是個影后啊。

見莫榛似乎有些猶豫，女孩一握拳頭，再接再厲地道：「只要你幫我想起我是誰，我就馬上離開！」

這種無理的要求莫榛早就見怪不怪了，以前的他定會一口回絕，畢竟根本不認識彼此，蹚渾水可不是他會做的事。但這次，對上女孩楚楚可憐的神情，他還真的有點心軟了。

莫榛抿了抿唇，在心裡嘖了一聲。

「想起妳是誰以後馬上滾，否則別怪我不客氣。」

「謝謝！」女孩終於破涕為笑。

莫榛又看了她一眼，轉身下樓。

女孩一直飄在後頭，喋喋不休地問道：「屋裡海報上的人是你嗎？你把自己的海報貼在牆上是為了辟邪嗎？」

辟什麼邪！誰會沒事拿明星的照片來辟邪？莫榛在心裡大翻白眼，硬生生將這口氣咽了下去。

算了，不要和女鬼一般見識！

莫榛一路到廚房，從冰箱裡拿出一顆新鮮檸檬，一刀切成了兩半，直接放嘴裡咬了一口。

「不酸嗎？」女孩看得一陣牙酸，不由自主地抽了抽嘴角，「難、難道這是什麼新的驅鬼手段？」

莫榛瞥了女孩一眼，沒有說話。

在拍《上帝禁區一》時，他飾演一位天才腦科博士高森，一身白大衣和隨時拿在手裡的檸檬，正是這個角色的特色。

莫榛剛開始拍這部電影時，一吃檸檬，酸得五官都想縮起來了，還得裝出正常的表情，實在相當考驗演技。等電影拍完後，莫榛不僅得到了一座影帝，還養成了一個新習慣——吃檸檬。

這女鬼連他都不認識，可見也沒看過《上帝禁區一》，她生前到底是活在什麼樣的世界裡，怎麼連電影都沒看過？

「是啊，妳再繼續吵我，我就拿檸檬汁噴妳。」

「啊啊啊！我不想被驅走，對、對不起！」女孩立刻飄遠好幾公尺，只敢遠遠地在牆邊看他。

「想留在這裡可以，但是妳的活動範圍僅限於一樓，二樓以上是我的私人空間，不准踏進一步！另外，不准和我說話，還有屋裡的東西不准亂碰，損壞了照價賠償！最後——」莫榛深吸一口氣，接著大喊，「離我遠一點！」

女孩已經被檸檬嚇得不輕了，她戰戰兢兢地露出一抹笑容，乖乖飄到了三公尺外。

莫榛再咬了一口手裡的檸檬，走到客廳坐下，按開電視開關。

女孩安靜了一會兒，還是不甘寂寞地飄過來問：「你叫什麼名字？」

連本大爺的名字都不知道，簡直無知！

莫榛心裡鄙視，表情卻沒有任何變化，還是冷漠的樣子。

女孩吞了吞口水，小心翼翼湊上前，「你……也不記得自己的名字了嗎？」

莫榛心想，如果可以，他真想幫這個女孩測一測智商！

女孩似乎是確定莫榛不記得自己的名字了，大著膽子飄到他身邊，安慰道：

「沒關係，你以後就叫王大狗吧。」

莫榛無語。那妳呢！是不是叫王大嬸啊！

第三章

名字

莫榛煩躁地按著遙控器，最後在娛樂新聞臺停了下來。

「科幻動作大片《上帝禁區三》今日舉行了隆重的開拍儀式，導演和劇中主要演員悉數到場，當演員以劇中人物造型亮相時，全場一陣轟動。」

女主持人的話音未落，不絕於耳的尖叫聲便從音響裡傳出，充滿整個客廳。

女孩下意識往後飄了一步，用手捂住自己的耳朵。

隨著電視機裡傳出此起彼伏的「莫榛」二字，女孩才發現坐在舞臺最中間的人，不正是她的房東先生嗎？

「咦，那不是大狗嗎？原來你是個名人啊！」女孩激動地飄到螢幕前，就像看到了新奇玩具一樣興奮，「原來你叫莫榛啊，這個名字比王大狗好聽多了！千萬不要再忘記囉，多吃點銀杏可以幫助記憶力。」

「……閉嘴！王大嬸！」與電視上溫文儒雅的形象截然相反，莫榛毫無風度地對面前的女孩咆哮。

女孩縮了縮頭，指了指自己問：「王大嬸？」

莫榛洩憤似地咬了一大口手裡的檸檬，看得女孩又是一陣牙酸。

電視裡的新聞還在繼續，身著醫師白袍的莫榛在觀眾熱情的呼聲中往前傾了傾身，低沉磁性的聲音透過麥克風，變得更加悅耳醉人，「我和你一同死去，而你將和我一起復活。」

這句《上帝禁區》裡的名臺詞，如同咒語般點燃了臺下粉絲的激情，鋪天蓋地的尖叫聲讓莫榛果斷地按下了電源鍵。

「為什麼不看了！」女孩看得正高興，不滿地瞪了莫榛一眼，「而且為什麼叫我王大嬸！」

莫榛眉頭一跳，也不知道剛才是誰一把鼻涕一把眼淚地求他收留。

「因為我高興。」

起身將吃完的檸檬扔進廚房的垃圾桶中，莫榛準備上樓休息，餘光瞥見女孩

又打算跟著飄來，皺起眉轉身道：「我說過，妳的活動範圍只限於一樓！」

女孩吸了吸鼻子，再度進入可憐兮兮模式，「可是你都有名字了，我連名字都沒有。」

怎麼沒有！妳就叫王大嬸啊！

「啊，也許我知道自己的名字後，就會恢復記憶了！」女孩像是突然想到了什麼，一個漂亮的轉身擋住了莫榛的去路。

「哦，那妳想起來名字沒？」

「唔……」這個問題似乎讓女孩有些苦惱，「現在女生都流行取什麼名字？」

莫榛仰頭靠在沙發上，隨口答道：「小喬，薇薇，昕兒，麗莎。」

女孩沉默了片刻，試探道：「這些……該不會是你歷任女友的名字吧？」

莫榛嘴角揚起一抹冷笑，「妳是真的想被道士收走吧？」

「不是不是，絕對不是！」女孩拚命搖頭，慌張道，「只是如果我一直想不起來，沒有名字怎麼辦？」

莫榛呵了一聲，「那就把自己當成王大嬸重新生活吧。」

女孩聞言，嘆了口氣，語氣聽起來十分憂愁，「那就糟了，要是我一直想不起來，就得一直留在這裡了。」

莫榛心裡一驚，咬牙切齒地道：「不然就叫阿遙！」

「阿遙？」女孩古怪地看了看莫榛，「是前任女友還是男友的名字嗎……」

「前任個頭！這是我上張專輯的名字，不然妳也可以叫『阿不』、『阿可』、『阿及』！」

「好吧，至少比王大嬸正常。」阿遙真的很擔心，莫榛再這樣咆哮下去會不會腦溢血？

莫榛怒氣沖沖地上樓，剛走了幾階，又氣勢洶洶地回過頭道：「不准上二樓。還有，一個月後，不管妳有沒有想起自己是誰，都必須離開！」

眼見阿遙吸了吸鼻子，又打算裝可憐了，他趕緊轉頭快步上了二樓。

阿遙的計畫失敗，只好在樓梯口徘徊了一陣，又飄回客廳。剛才在電視上看到的他明明那麼溫和，怎麼在家裡就這麼暴躁呢？如果被他的粉絲看到，肯定會幻想破滅的。

莫榛回到臥室，看了一下書就直接睡了。也許是因為今天太累，才會產生幻覺，明天早上起來時，說不定屋裡根本沒有什麼奇怪的東西。

把頭埋在枕頭裡，他無聲地嘆了口氣。

夜裡，滴滴答答的水聲傳入耳朵，莫榛起初以為是外面下大雨，聽了一陣子覺得不大對勁，終於忍不住從床上坐起，走到窗邊看了看。

沒有下雨，天氣好得很。

但水聲還在持續，似乎……是從樓下傳來的。

一定又是王大嬸！

莫榛揉了揉頭頂的亂髮，打開房門往一樓去。

一樓浴室的門虛掩著，從門縫中透出幾道暖黃色的光，吵得人無法入眠的水聲正是從裡面傳來。

莫榛眉頭一皺，推開了浴室的門。

溫熱的水流從蓮蓬頭噴灑而下，阿遙站在浴缸裡，震驚地看著莫榛，接著，捂胸尖叫。

莫榛一愣，飛快地轉過身，等他把眼睛閉上時才猛然想到，阿遙是鬼，而且她穿著衣服！

阿遙依然捂著胸賣力尖叫。莫榛額上的青筋一跳，回頭朝她大吼：「閉嘴！」

尖叫聲戛然而止。

走上前關掉蓮蓬頭，莫榛惱怒地瞪向阿遙，「妳又在做什麼？」

「洗澡啊。」阿遙扭扭捏捏地答道，「人家也想洗個澡嘛。」

「拜託妳稍微有點鬼的自覺好嗎？」莫榛極力壓抑著胸中怒火，掃了一眼阿遙乾爽的衣服和頭髮，「妳需要洗澡嗎？外面的雨水都淋不到妳，妳是來刷浴缸的嗎？」

「雖然身體不會被弄濕，但想洗澡的心情還是一樣的！」

莫榛深吸一口氣，抿著嘴角對阿遙露出了一個標準的專業微笑，「所以水電費是不是從妳的房租裡扣？」

「你那麼有錢，居然還向一個女鬼要錢，不覺得害臊嗎？」

「不覺得，這是我應得的。」該是他的東西，他向來一分也不會少要。

阿遙被莫榛理直氣壯的樣子弄得一愣，旋即低落地垂了垂眸，「我是鬼，我沒有錢。」

「呵，現在知道自己是鬼了？」莫榛手裡抓著蓮蓬頭，儼然一副惡房東的架式，「總之屋裡的所有東西都是我的私人財產，妳統統不准碰。」

「知道了。」阿遙抽泣一聲，用食指抹了抹眼角根本不存在的淚水。

莫榛無視阿遙裝可憐的戲碼，看了蓮蓬頭一眼，問道：「妳是怎麼把蓮蓬頭打開的？」

「很容易啊。」阿遙臉上露出一抹得意的笑，「這樣。」

話音剛落下，蓮蓬頭就嘩一聲噴出熱水來，而拿著蓮蓬頭的莫榛……在短短一天內，二度變成落湯雞。

阿遙不敢說話了。

莫榛用手理了理濕掉的頭髮，「現在馬上給我滾出去！」吼聲之大，幾乎能掀翻屋頂，阿遙捂著耳朵飄出了浴室。

在客廳裡來來回回飄著，阿遙心裡有點擔憂，怎麼辦，感覺莫榛真的生氣了。聽著浴室裡嘩啦啦的水聲，她積極地醞釀情緒，打算用盡最大的力氣裝可憐。

莫榛從浴室出來，將擦頭髮的毛巾隨手甩在客廳沙發上，看到阿遙，皺起了眉頭道：「妳怎麼還在這裡，不是叫妳出去嗎？」

「莫先生，我真的……」阿遙準備好的滿肚子臺詞，才吐出六個字，就見莫榛從廚房拿了一罐東西出來，往她的方向豪邁一撒。

雪白的鹽巴就像漫天雪花一樣飄落，穿過了阿遙的身體，悉數落在光潔的地板上。

以前有位師父跟莫榛提過，鹽有驅鬼的作用，可是現在……阿遙依然完好無缺地飄在自己面前。

「呃……」阿遙抓了抓臉，主動安慰莫榛，「或許是你剛才的姿勢不對，不然你換個姿勢再撒一次？」

「……」她以為這是在玩遊戲嗎？還換個姿勢！

莫榛覺得再這樣下去，在女孩想起她是誰以前，他就會先被她氣死，然後變成同類。

第四章

身材

莫榛還是沒把這個女孩趕出去，鬧了這麼久，他也真的睏了。敷了面膜後，他就躺在床上睡了過去。

之後的一夜倒也相安無事，阿遙老老實實地蜷在沙發上……看電視。

為了不被莫榛發覺，她特意將電視調為靜音，兩隻眼睛盯著字幕看得眨都不眨一下。

因為《上帝禁區三》開拍，各大電視臺最近都在重播《上帝禁區》系列電影，阿遙看的就是第一部。

《上帝禁區》背景設定於近未來，人類因為某種未知病毒的侵襲面臨滅亡的困境，此時一位名叫高森的天才腦科博士，提出了拯救人類的方案——將人類的大腦資訊完整保存，等到災難過後，只需要把資料植入作為容器的「身體」，人類就可以復活。

這個辦法雖然在理論上可行，但實施起來有諸多困難。比如該怎麼讓儲存大腦資料的電腦長久運作，並在設定好的時間內啟動製造「身體」的儀器？這段時間可能是十年、百年，也有可能是千年，而那個時候，曾被病毒侵襲的地球還適不適合人類居住？甚至有些人文社會學家認為，這項研究本身就是一項反人類反社會的研究。

高森在各方勢力的反對下繼續研究，最後人類的命運究竟如何，還不得而知。

莫榛飾演的高森，在電影第一部時就因為病毒死亡，但成功地利用這門技術讓自己復活。第一部結尾時，高森打開了祕密實驗室的大門，裡面存放著的是幾十具和自己長得一模一樣的「身體」。

阿遙看得津津有味，電影裡溫潤優雅的男子，實在很難和剛才那個對著自己咆哮的人連結起來，不發脾氣時明明那麼好看……其實發脾氣時也滿好看的。

她朝二樓的方向看了一眼，關掉電視，躺在沙發上準備入眠。

希望晚上做夢的時候能夠夢到高森博士，而不是那個凶狠的王大狗，阿們。

第二天早上六點，莫榛準時被唐強的電話吵醒，「莫榛，起床了！新的一天又開始了！」

嘟……嘟……嘟……

莫榛立刻掛斷電話，連眼皮都沒有抬一下。

很快電話聲又響了起來，「莫大爺，今天是拍攝的第一天，你不會想遲到吧？」

莫榛揉了揉眼睛，終於從床上坐起，「知道了……」充滿鼻音的慵懶嗓音相當媚惑人心。

電話那頭的唐強沉默了會兒，乾咳一聲道：「莫榛，不要一大早就散發費洛蒙好嗎？很容易讓人把持不住啊。」

沒有聽到任何咒罵，唐強猜到莫榛肯定又想掛電話了，連忙道：「需要我去接你嗎？」

莫榛已經放到掛斷鍵上的手指頓了頓，重新將手機移回耳邊，「不用了，我自己開車去。」俐落地切斷電話，隨手將手機扔在床頭。

他掀了掀眼皮，朝窗口的方向看了一眼。

「早上好，房東先生。」阿遙飄在窗外對他笑，清晨微弱的陽光透過白色窗簾從她背後灑入，顯得格外夢幻。

莫榛垂了垂眸，掀開被子翻身下床，「誰允許妳上二樓的？」

「我是在外面，又不是在裡面。」阿遙嘻嘻一笑，輕輕鬆鬆地穿牆進入，「雖然也是可以進來啦。」

「沒人想一睜眼就見鬼。」莫榛走到衣櫃前，開始翻找衣服，「我要換衣服了，妳出去。」

阿遙看著莫榛挺拔的背影，眨了眨眼，「你是大明星耶，身材很好，幹嘛怕被人看。」

莫榛的右手一滯，取出一件白色襯衫，回過身來看著阿遙，「妳怎麼知道我身材很好？」

「因為我見過啊。」

「在哪裡見過？」

「電視上！」昨晚看的《上帝禁區一》裡，有高森博士接受身體檢查時裸露上半身的鏡頭，她看得清清楚楚，不管是結實的胸膛還是八．塊．腹．肌！

「電視？」莫榛微微一笑，「妳在哪裡看的電視？」

「哈哈哈哈哈，房東先生要換衣服是吧？那我不打擾了，你慢慢換。」阿遙飛快地轉移話題，直接穿過地板下樓，隱約還能聽到莫榛暗暗咒罵的聲音。

阿遙在心裡嘆了口氣。唉，這個房東先生的脾氣真不好，下次得提醒他一下，動怒會長皺紋的。

莫榛打理得很迅速，六點半時已經換裝完畢，開著一輛黑色跑車出了門。

「咦，你今天開的車和昨天不一樣呀。」阿遙好奇地四處看了看，手還大膽地戳了戳屁股下面的坐墊。當然，她什麼也沒有戳到。

見莫榛不理自己，她又繼續問道：「你不用吃早餐嗎？說起來昨晚你也只吃了檸檬。」

莫榛看了看在副駕駛座喋喋不休的阿遙，握著方向盤的雙手下意識地加重力道，咬牙切齒地問：「妳為什麼出現在這裡？幹嘛連我出門都要跟？」

在家裡就算了，要是在外面這個王大嬸還跟著自己，別人真的會以為他是神經病！

「我說過，你一天不幫我想起我是誰，我就一直跟著你啊。」阿遙說得十分理所當然。

握著方向盤的手青筋突起，莫榛深吸一口氣，提醒自己千萬要冷靜，現在是在外面，要保持形象。

阿遙在副駕駛座上安靜了一會兒，又開始抱怨道：「你開得太快了，我快要跟不上了。」作為一個沒有實體的女孩，她當然是坐不到椅子的。她只不過是以坐在椅子上的姿勢，一直跟著車飄而已。

莫榛聽了，腳底猛踩油門，車子快速駛向前去。

車尾瞬間就穿過了阿遙的身體，她還維持著坐姿，飄浮在半空中。

阿遙站直身體，看著絕塵而去的跑車，心想要不要提醒莫榛一下，他可能超速了呢？

當莫榛從後視鏡看到阿遙吃力地飄著想跟上自己時，內心頓時升起一股滿足感。本來想再把油門踩重一點，但看見馬路邊的警察先生後，他便打消了念頭。

跑車最終開到郊區，四周視野開闊，偶爾有一、兩棟高聳入雲層的冰冷建築出現在視野。

本該是個人煙稀少的地方，現在卻擠滿了人。

幾百公尺外就能遠遠的看見各種名車、身材姣好的名模，和拿著攝影機的娛樂記者。他們大部分都被攔在警戒線外，而莫榛在保鏢的保護下順利駛進了片場。

「哇，這裡就是《上帝禁區》的片場啊，應該可以遇見很多明星吧？」阿遙不知道什麼時候趕上的，在莫榛身邊激動地大叫。

莫榛的眉峰幾不可見地動了動，最大的明星已經在妳面前了，妳還想見誰啊？笨蛋！

「在外面不要和我說話。」他低聲警告，將車停到工作人員指示的位置。

唐強老遠就看見莫榛的車，手裡抱著一堆吃的衝到車前。「你一定又沒有吃早餐吧，跟你說過多少次了，不吃早餐對胃不好。」

莫榛抽過唐強手中的一盒牛奶，將吸管插了進去，「這些話你每天都要說一次，不累嗎？」

唐強無語，「那你好歹聽進去一次啊。身體是你自己的，自己都不知道愛惜……」

「唐強，以後你不當經紀人，可以改行做保姆。」莫榛迅速將牛奶喝完，便見導演、副導和場務都走了過來。

阿遙飄到莫榛跟前，皺著眉頭瞪他，「莫榛，他說的沒錯，早睡早起、飲食規律，身體才會好！」

莫榛在內心翻了翻白眼，他們這一行和早睡早起、飲食規律無緣好嗎？

崔導和莫榛已經不是第一次合作了，彼此都很熟悉，不過以莫榛在娛樂圈的地位，他還是得過來寒暄兩句，畢竟今天是第一天開拍。

阿遙興奮地繞著導演和莫榛轉了好幾圈，這種電視裡才看得到的場景，她竟然能親眼見到，突然覺得當鬼好像也不錯？

「前輩。」溫柔的聲音響起，阿遙聞聲看去，一名身材高䠷的美女迎面走來。一身火紅色的長裙，裙衩開得很高，兩條修長雙腿隨著走動若隱若現。

「你的領帶忘在我那裡了。」她撥了撥耳側的大波浪亞麻色長髮，笑著走到莫榛面前。

第五章

吻戲

因為宋霓的出現，現場氣氛突然變得曖昧起來。

崔導瞟了一眼宋霓手上提著的紙袋，識趣地閉上嘴巴。

宋霓是凱皇的新人，有傳聞說她是凱皇董事長的私生女，也是莫榛的祕密女友。娛樂圈的八卦真真假假，誰也說不清，不過凱皇最近在力捧她是事實，不惜投資了八位數的金額也要讓她在《上帝禁區三》中出演。

而且這個角色還是高森的私人女助理。

莫榛從出道至今，花邊新聞一直很少，這次和宋霓的事鬧得沸沸揚揚，崔導本以為是凱皇為了捧宋霓動用的手段，可是……他不動聲色地瞟了一眼宋霓手上的紙袋，這算什麼情況？難道兩人假戲真做？

莫榛接過紙袋，朝裡面掃了一眼，確實是他的領帶，但他不記得什麼時候忘在她那裡了。

知道莫榛最討厭無中生有、刻意曖昧的事情，唐強看見自家大明星的眼裡果然隱含著怒氣。身為明星出氣包的經紀人，唐強只能趕緊轉過頭，勉強對他擠出一個笑容——莫榛，忍住，一定要忍住啊！

莫榛將經紀人的苦笑收進眼底，抿了抿唇，隨手將紙袋塞過去，沒說半句話。

見莫榛的態度冷淡，宋霓笑了兩聲，正想親暱地挽上他的手臂，就被他不著痕跡地躲開了。

「我去車上看劇本，開拍叫我。」

宋霓美麗的笑靨僵了片刻，乖巧地收回手，和導演寒暄起來。

唐強跟導演等人打了聲招呼，也爬上了莫榛的保姆車。

莫榛正坐在車裡翻看劇本，從表情判斷，此時他的心情非常差，差到極點了。

唐強抿了抿有些乾澀的嘴唇，在莫榛身旁坐下，順手關上車門。

「我的領帶是怎麼回事？」莫榛雖然還是盯著劇本，但唐強總覺得自己被他的聲音凌遲了一遍。

「應該是在你的休息室拿的。」公司的休息室裡放著許多莫榛的私人物品，要找到一條領帶不是什麼難事。

「我的休息室什麼阿貓阿狗都可以進去嗎？」莫榛冷笑一聲，手裡的劇本被捏得皺巴巴。

唐強連忙將慘遭毒手的劇本救出來，「莫榛，冷靜冷靜，這是在片場！」

莫榛冷眼看著他，嘴角抿成一條直線。

唐強嘆了口氣，開解道：「你也知道宋霓和董事長是什麼關係，這件事我還在跟公司交涉，你再忍耐幾天。」

公司想讓借用莫榛的名氣捧紅宋霓，瞎子都看得出來，但以莫榛的脾氣和如今地位，也不是說利用就可以利用的。

唐強跟公司提過好幾次了，讓他們換一個男藝人當冤大頭，公司卻一直沒有回覆。其實公司高層也很無奈，凱皇不乏高人氣的男藝人，但宋霓就指名要莫榛，他們夾在中間也很難做。

「唐強，我和凱皇的合約是不是快到期了？」

莫榛冷不防地問了一句，唐強心裡一驚，「莫天王，你不會是打算跳槽吧？」凱皇為了留住莫榛，開出的續約條件十分誘人，唐強覺得不會有其他公司給得了更好的待遇。

「要是宋霓那個女人再纏著我，我就這麼做。」

「莫榛，你手裡還有公司的股份，你也準備放棄嗎？」唐強知道以莫榛現在的實力，不要說跳槽，就算是自己成立工作室都不成問題。只是就這樣離開凱皇，那之前在凱皇打的基礎豈不是白費了？「我會把你的意思轉告給公司，相信他們知道該怎麼做。」

莫榛應了聲，從唐強手裡拿回劇本，沒再說話。

唐強從車上翻出一堆吃的，問莫榛吃不吃。莫榛掃了一眼他手裡的食物，抽出一個黑芝麻麵包。

見莫榛啃了幾口麵包，唐強才稍微放心一些。其他藝人都是想吃東西沒得吃，換成莫榛，還要自己軟硬兼施地求他吃，可人家偏偏不領情。

莫榛的胃一直不好，稍不注意就會胃痛，唯一值得慶幸的是他吃不胖，不然像其他明星那樣節食，肯定沒兩天就得進醫院。

阿遙坐在莫榛對面看著他，忍不住好奇問道：「剛才那個女人就是宋霓嗎？她是你什麼人啊？」

「不關妳的事。」莫榛嘴裡咬著一小塊麵包，含糊不清地答道。

「你說什麼？」

唐強轉過頭，只見莫榛鎮定地吞下了嘴裡的麵包，「臺詞。」

所以說，大明星就是這麼敬業！

莫榛的麵包啃了三分之二，便有人敲了敲車門，唐強打開門，是工作人員請莫榛過去化妝。

化妝師是一位二十多歲的年輕女孩，看見莫榛過來時，臉紅得快燒起來。活生生的莫榛！活生生的莫榛啊！想到等一下他就要任憑自己為所欲為，她就忍不住兩眼放光。

只可惜這種想像沒維持多久，高森的妝很簡單，沒花多久時間就完成了。化妝師妹妹還在旁邊暗自神傷，崔導已經帶著編劇來了。

「莫榛，待會兒可能要加一場戲。」

莫榛不以為意，臨時加戲的情況常有，所以他並不覺得奇怪，「加什麼戲？」

編劇吞了吞口水，笑得更燦爛了，「吻戲。」末了補充道，「你和宋霓的吻戲。」

莫榛沒說話，只是從鏡子裡靜靜地看著編劇。

面對莫榛越來越冷的眼神，編劇連忙把崔導推出來。崔導抹了把臉，無奈地道：「我只是個導演，劇本怎麼寫我怎麼拍。」

莫榛從胸口吐出一口氣，看著崔導和編劇道：「他們給了多少錢？我給雙倍，把這段刪掉。」

通常這時，就是唐強發揮作用的時候。

在劇組和莫榛之間做了半個小時的溝通，終於將這場吻戲從嘴對嘴的法式熱吻，改成英式的親吻手背。

唐強抹了抹額頭的汗，想著必須馬上幫莫榛找一個新助理，再繼續下去，他就要英年早逝了。

不過這也不能怪莫榛生氣。他出道十年，拍過的電影大大小小加起來有十幾二十部，吻戲卻很少。畢竟電影不像偶像劇，不需要為了提高收視率刻意多拍吻戲。

而且莫榛其實是個挺保守的人，平時拍寫真集都很少露太多肉。所以阿遙昨晚在《上帝禁區一》裡看到莫榛裸露上半身的鏡頭，絕對算是值得珍藏的經典片段。

這個小風波過去後，工作人員繼續為莫榛整理造型。不過二十分鐘，一個溫文儒雅的高森博士就新鮮出爐了。

現場發出了小小的騷動，不少女性工作人員都眼帶愛心地看著莫榛——或者說高森。

就連阿遙都沒忍住，直接朝莫榛撲了上去，「高森博士！」

莫榛冷淡地看著她穿過自己的身體，朝對面的牆壁上撞了過去。

阿遙一個急剎車，好險，差點又穿到隔壁去了。儘管昨晚沒夢見高森博士，但今天見到一個活的，實在太棒了！

今天要拍攝的戲很簡單，就是實驗室的同事將宋霓飾演的奈莎博士介紹給高森的一幕。奈莎性感漂亮，在國外發表過多篇具有影響力的論文，是備受看好的美女研究人員。因為從小在美國長大，性格熱情奔放，在第一次見到高森時就湊上去給了他一個熱吻。

這是原來的設定。

修改後的劇本將這幕換成了高森主動親吻奈莎的……手背。

以高森紳士的性格，會以這種方式對奈莎示好並不奇怪，只是要莫榛本人去親宋霓，他心裡十分不豫。

不過他是個專業演員，心裡再不情願，還是主動抬起了宋霓的右手，用嘴唇輕輕碰了一下。

低下頭時，莫榛垂下眼，掩去了眼底滿滿的不悅。

第六章

布丁

這場戲一次就過了，導演喊卡以後，莫榛飛快地走到休息區，拿起桌上的蘇打水連喝了好幾口。

阿遙飄到莫榛身邊，好心地提醒道：「漱口的話，要把水吐出來喔。」

莫榛嘴裡含著水，真想一口噴在阿遙臉上，不過最終還是咕嚕一聲將水吞進肚子裡。

見莫榛在椅子上坐下，阿遙也跟著坐，「那個叫宋霓的女生真色，她就是想親你而已。」

莫榛心想，這個王大嬸有什麼資格說別人？還不是一樣偷看過他洗澡！

阿遙看著遠遠坐在對面、眼神卻一直黏在莫榛身上的宋霓，兩條細長的眉毛皺了皺，「你不喜歡那個宋霓對吧？我也不喜歡她。」

莫榛聞言，冷淡地勾了勾嘴角，「我也不喜歡妳。」

阿遙嘟起嘴，無奈地道：「不要這麼說嘛。」

身為粉絲的她看到偶像被吃豆腐，覺得非常不開心，決定整整宋霓！定定地看了宋霓幾秒，對方那瓶剛放到唇邊的礦泉水突然砰地炸開，透明液體飛濺而出，灑了她一身。

突如其來的變故將宋霓嚇得花容失色，高亢的尖叫引得不少人側目。身旁的助理看著宋霓不停滴著水的頭髮，連忙拿出紙巾幫她擦拭。

莫榛往宋霓那邊看了一眼，低頭瞥向蹲在身邊笑個不停的阿遙，英氣的眉梢微挑，「妳做的？」

「是啊。」看著宋霓花掉的妝，她笑得更開心了。

「妳還能做到這種事？」莫榛的眼裡閃過不解。

阿遙抬起頭來，眼裡透著一絲鄙視，「莫榛，你太過時了，現在的鬼都能做到這樣的。」

「……」莫榛無語。

為什麼他要花時間和這個智商低到地平線以下的女鬼說話呢？

因為宋霓需要重新補妝和做造型，劇組的休息時間又延長了半個小時。之後的拍攝進行得很順利，莫榛在下午四點時提前收了工。

「莫榛，你是自己開車回去，還是我送你回去？」唐強問。

「我自己回去。」

阿遙跟在莫榛背後飄上車，剛關上車門，車窗就被敲響了兩下。

宋霓站在車外，身體微微前傾，略低的衣領中雙峰呼之欲出。

莫榛皺了皺眉頭，耐著性子按下車窗問：「什麼事？」

「前輩，今天這麼早收工，不如我們一起去吃個飯吧。」

宋霓臉上的笑容極具誘惑力，世上大概沒有幾個男人能拒絕她的邀約，偏偏莫榛不吃這套。

「我晚上還有事，宋小姐還是找別人陪吧。」他關上車窗，駛離了片場。

到家時還沒六點，莫榛打開電視往沙發上一躺，大有今天晚上就待在沙發裡不動的意圖。

阿遙飄到莫榛身邊，低頭看他，「你晚上又不吃飯嗎？」

莫榛閉上眼，懶洋洋道：「關妳什麼事？妳又不用吃飯。」

「誰說的！我也要吃元寶蠟燭的好不好！」阿遙瞪了他一眼，直接飄到冰箱前，把冰箱門打開。

與想像中的空空蕩蕩截然相反，冰箱裡擺放著許多食物——都是唐強定期來莫榛家裡儲備的。

「你既然有這麼多吃的，幹嘛不吃飯？」阿遙飄回客廳問道。

「不想做菜。」莫榛翻了個身，背對阿遙。

「我剛才看了一下，有很多熟食，用微波爐熱一下就能吃了。」阿遙飄到對面，趴在沙發上看著莫榛。

莫榛翻了個白眼，「記不得自己是誰了，這些沒用的東西倒是記得很清楚。」

「哪裡沒用了！」阿遙氣鼓鼓地道，「這些全都是生活技能！」

莫榛好笑地看著她，「生活技能？妳還需要生活技能幹嘛？」

阿遙憤恨地踹了沙發一腳，小白腿穿過沙發，對莫榛毫無影響。他還挑釁似地哼起了歌，一副優閒愜意的樣子。

阿遙咬牙切齒，飄到廚房讓冰箱裡的熟食自己飛出來。

看著飄浮在半空中的碗盤，莫榛眉頭微蹙，「摔碎了照價賠償。」

阿遙哼了一聲，微波爐的門自動彈開，食物全被塞了進去。

將時間設置三分鐘，阿遙興致勃勃地等著，聽到叮一聲時，興奮地朝莫榛喊道：「可以吃了！」

莫榛總算從沙發上坐起，走到廚房拿出微波好的食物。

聞到食物的香味後倒是真的有點餓了，他拉開餐廳的椅子坐下，低頭吃了起來。

阿遙飄到他對面，眼巴巴地盯著他吃。

五分鐘過後，莫榛終於忍無可忍，「妳幹嘛一直看著我？餓的話自己去弄來吃。」

阿遙吸了吸鼻子，幽怨地道：「我已經吃不了了，嗚嗚。」

「知道就好。」莫榛邊說邊將一塊雞丁放入嘴裡，「不然哪裡有賣雞肉口味的元寶蠟燭，妳找到告訴我一聲，我燒給妳。」

阿遙氣得做了個鬼臉，可惡，莫榛越來越不吃她裝可憐這套了。

吃完飯後，莫榛心情愉快不少，回房間開始上網。阿遙像個小跟班一樣，跟著他飄上二樓。

莫榛的眉峰動了動，但意外地沒說什麼。

打開臉書，剛點進自己的粉絲團，他便發現自己被粉絲們洗版了，原因是宋霓的一則貼文：

《上帝禁區三》拍攝第一天，被男神親了。【害羞】【害羞】【害羞】

這則貼文是下午四點多發的，短短兩個小時，分享量已經破了三萬人。

莫榛眉頭一挑，看著那張高森親吻奈莎的劇照，恨不得當場罵人。點開留言，果然都是自己的粉絲怒罵宋霓的話。

「天啊啊啊啊！我們家寶貝高森的嘴還好嗎！」

「嗚嗚，可憐的高森，被宋霓倒貼比生吞病毒還噁心。」

「我賭一打漱口水，是宋逼劇組加的戲。」

「你們仔細看，這張圖的角度可以看出，男神親的是自己的拇指！」

「仔細一看，真的是耶！不愧是我們的榛子，太聰明了！」

每次宋霓一發和莫榛有關的貼文，就會引來無數粉絲的罵聲。但宋霓似乎很享受謾罵，別人罵得越起勁，她越開心。

忍住發文暗諷宋霓的衝動，莫榛啪地闔上筆電，在椅子上坐了一會兒，拿出手機看了看時間，又回到一樓客廳。

此時正是各大電視臺播送新聞的時段，莫榛換到地方新聞臺，木然地盯著螢幕，聽著女主播報新聞。

「莫榛，你很喜歡看新聞嗎？」阿遙好奇地問，心想他怎麼老是看社會新聞啊？

莫榛看了阿遙一眼，沒有回答。等到新聞播完時，手機正好響了起來。

向雲澤來電。

第七章

黑粉

莫榛按下通話鍵，對著聽筒喂了一聲。

「莫榛……」

他微微一愣，向雲澤的聲音聽起來很疲憊，還隱隱帶著一絲不安。莫榛認識他這麼多年，只聽過兩次他用這種口氣說話。

一次是他父母離婚時，一次是他決定出國時。

「怎麼了，雲澤？」莫榛下意識地坐直，語氣跟著嚴肅起來。

「黎家出了一點事……」向雲澤嘆息般的聲音傳來，「我人在中心醫院。」

莫榛皺了皺眉，印象中向雲澤當寶貝一樣藏起來的那個女孩，就是姓黎。

「你的小女朋友怎麼了？」

電話那邊安靜了一會兒，才又傳來向雲澤的聲音，「她從樓梯上摔下來，現在昏迷不醒。」

莫榛沉默了一下，出聲安慰道：「放心吧，現在醫學這麼發達，一定不會有事的。」

向雲澤笑了一聲，道：「早知道我該去學醫的。」

向雲澤在美國時讀的是莫榛最討厭的物理學，沒想到他竟然一路讀到博士，還成了大學的客座教授。

莫榛一直覺得，像他這種花花公子，根本是去大學誤人子弟。

「別想這麼多，回去洗個澡好好睡一覺，說不定明早起來她就醒了。」

向雲澤笑了兩聲，「承你吉言。不打擾你了，大明星，睡你的美容覺吧。」

莫榛也跟著揚了揚嘴角，「像我這種天生麗質的人，還需要睡美容覺？」

阿遙不知道電話那頭的人有什麼反應，總之她成功地被這句話噁心到了。

聽著兩人胡謅了一會兒，見莫榛掛斷電話，她忍不住湊上去問：「怎麼了，你朋友出事了嗎？」

莫榛看都沒看她，拿著手機往樓上走，「人都死了，好奇心還這麼旺盛。」

「人死心不死嘛。」阿遙撇了撇嘴角，跟著莫榛往樓上飄。

莫榛停下腳步，回頭瞪著阿遙，「我現在要去三樓的健身房，然後洗澡睡覺，妳別跟著我，自己去找其他朋友玩。」

「我哪來其他朋友？」阿遙不解地問。

「世界上幽靈這麼多，妳還怕找不到人陪？去去去。」莫榛丟下一句不負責任的結論，逕自上樓去了。

阿遙總覺得，自己好像對方養的寵物狗。

從一樓飄到二樓，再從二樓飄回一樓，最後還是只能回客廳去看電視。

今天晚上電影臺接著播《上帝禁區二》，復活後的高森博士，依然在他的實驗室裡繼續研究。病毒的擴散範圍越來越大，死去的人類越來越多，人們在這樣惡劣的條件下，終究開始自相殘殺。

阿遙心潮澎湃地看完了第二集，一時興起打開了莫榛放在客廳的另一臺筆電。可能是拿來查資料用的，這臺電腦沒有設密碼，開機相當順利。

她打開了瀏覽器，輸入「莫榛」。沒有使用者卻自己動起來的鍵盤，在黑漆漆的客廳裡看來異常恐怖。

搜尋引擎瞬間跳出一千多萬條結果。阿遙的眼睛在第一頁上掃了掃，點進了一個叫「海角」的論壇。

論壇分了很多版面，阿遙進入娛樂八卦後，發現列在最上面的一篇文，就是關於莫榛的。

點了進去，裡面貼著莫榛各式各樣的照片，劇照、生活照、寫真照、雜誌照，應有盡有，看得阿遙眼花撩亂。除了樓主發的照片，還時不時有人進來補充，粉絲們每天都會進來打卡，為這篇文章增加人氣。

阿遙看著無數則對莫榛表達愛意的留言，想起莫榛的種種惡行，忍不住氣憤地註冊了一個名為「貞子」的ＩＤ，然後開始回覆。

「你們知道嗎？你們心目中的偶像，私下是個無禮又傲慢、小肚雞腸又斤斤計較的男人！還喜歡吃水果布丁這種女孩子吃的甜點！外加在自己房間貼著自己的放大海報，無敵自戀！」

鍵盤劈里啪啦地響著，阿遙按下回覆鍵後長長地呼出一口氣，好暢快。

這條回覆後面很快又有了新的回覆。

「榛子真的喜歡吃水果布丁？哎呀，帥哥配水果布丁，超級無敵反差萌啊！(*/w*)」

「看 1000 樓的ＩＤ就知道是個反串的。」

「可惡，竟然搶了我珍貴的 1000 樓！那個叫貞子的，有種約出來聊一聊！」

「只有我一個人好奇，她是怎麼知道榛子臥室裡貼了海報的嗎？」

「樓上的，反串ＩＤ說的話妳也信？」

最令勇者痛心疾首的是什麼？人民的愚昧無知啊！這個年代說真話竟然沒有

人信！

阿遙看著越來越多的人從她身上踐踏而過的足跡，本想默默潛水，結果一個新的回覆突然蹦出來，成功阻止了她關機。

「一群腦殘，是看莫榛演的腦殘博士看多了吧？莫榛除了一張臉，憑他的演技竟然能拿影帝，肯定跟很多人發生過關係吧！對了，那張臉也不知道動過多少刀！」

這個回覆發出後，整篇文章詭異地寧靜了一分鐘，然後……

鋪天蓋地的回覆瞬間多了好幾頁，罵莫榛的ＩＤ被集中火力攻擊，對方在千軍萬馬之前根本毫無還手之力，連阿遙都忍不住罵了兩句。

所謂，自家主人只有自己能罵嘛。

「你才腦殘呢！人家拿影帝就是跟人家發生關係，長得好就是動過刀？依照你這麼嚴重的妄想症，有時間上網不如先叫輛救護車吧！」

阿遙的評論很快被洗下去了，不過還是有很多人看見了。

「(⊙_⊙)貞子意外地戰鬥力爆表啊。」

「貞子果然是反串！表面是罵他，內心是對榛子滿滿的愛～」

「貞子貞子，榛子他真的在臥室裡貼了自己的海報嗎？沒圖沒真相，趕快交出照片！」

看筆戰看得正高興，阿遙才驚覺自己說太多了，趕緊登出論壇，關了電腦。

這個世界太危險了，就算是鬼也要小心啊。

太陽慢慢升起，莫榛的生理時鐘準時叫醒他，捲翹的長睫毛輕顫兩下，微微睜開了一條縫，就見一道模糊的身影飄在空中。

「早上好，房東先生。今天也要努力工作哦！」阿遙飄在莫榛的身上，低頭朝他微笑。

莫榛臉色鐵青，王大嬸該不會在他身上飄了一整夜吧！

想到有這個可能，他就忍不住起了一身的雞皮疙瘩。

電話響了起來，依然是來自唐強的來電，「莫榛榛，早安！今天也要努力工作哦！」

唐強現在是被附身了？

「一大早的心情這麼好？」

「告訴你一個好消息，你又有助理了！今天就會來報到！」這代表他的工作量會減輕不少，謝天謝地啊。

莫榛的眉頭動了動，從床上坐起，「什麼人？」

「一個可愛的妹妹，你會喜歡的！」

嘟……嘟……嘟……

掛斷電話，莫榛見阿遙正瞪大著眼看自己，不自覺地順著她的目光看去。寬鬆的睡衣斜斜搭在肩上，最上面的兩顆鈕釦不知什麼時候鬆開了，領口大大敞開，還露出一半的左肩。

莫榛一把提起領口，抓起身後的枕頭朝阿遙仍了過去，「女色鬼，滾出去！」枕頭不偏不倚地從阿遙身上穿過，只聽她嘿嘿笑了兩聲，飄出了莫榛的臥室。

這可是專屬她的福利呢，嘿嘿。

穿好衣服下樓後，阿遙剛烤好麵包，放著兩片吐司的盤子立刻飛到莫榛面前。

他捏了捏拳頭，壓抑怒氣地道：「我們現在不是在拍《七夜怪談》，能別做這些特效嗎？」

盤子在莫榛面前轉了一圈，落回客廳桌上。

莫榛上前拿起一片吐司，又從冰箱拿出半顆檸檬配著吃。

車子駛出車庫時，正好六點半。阿遙依然坐在副駕駛的位置，今天她的心情很好，一路上還哼著走音的曲子。

莫榛用餘光瞟了她一眼，問道：「怎麼，想起自己是誰了？」

「……還沒有。」

「那還有什麼事值得妳這麼高興？」

阿遙心想，她才不要告訴他，自己昨晚在論壇裡痛快地罵了他一頓。

片場和昨天一樣，依然被各路記者圍得水泄不通，莫榛的車大搖大擺地開進片場，停在保姆車旁。

「莫榛，向你介紹一下，這位是小熙，你的新助理。」

莫榛剛從車上下來，就見唐強領著一個女孩走了過來。目測大約二十三、四歲，穿著白T恤配牛仔褲，半長的黑髮梳成馬尾綁在腦後，臉上帶著一副黑框眼鏡，沒有化妝，看起來相當清爽乾淨。

小熙看見莫榛，激動得臉上泛起兩團紅暈，「你、你好，我是小熙，很高興能成為你的助理，莫先生！」

第八章

有鬼

面對小熙的語無倫次，莫榛什麼也沒說，只是沉默地看著站在旁邊的唐強。

唐強勉強笑了兩聲，解釋道：「小熙剛從大學畢業，還有些青澀。她以前當過安歌的助理，規矩什麼都懂的，家務全能，絕對能勝任你的助理。」

當然，前提是她忍受得了莫榛的壞脾氣。

似乎看出莫榛有些嫌棄自己，小熙趕緊道：「莫先生，我的廚藝真的不錯，安歌也很喜歡吃的！」

好吧，暫且算一個優點。

莫榛點點頭，勉強同意了。小熙立刻喜笑顏開，唐強也微微鬆了口氣。這段時間他比較忙，沒辦法抽出太多時間陪莫榛，現在有小熙在，可以放心一點了。

莫榛和劇組的人打完招呼就上了保姆車，唐強看向身旁的小熙，認真地問：「昨天我和妳講的莫榛的喜好和要求，都記住了嗎？」

「放心吧，我都記住了！」小熙重重地點了點頭。

「那就好，莫榛不喜歡別人打聽他的隱私，和他適當保持距離，做好自己分內之事就行了。」

「好的。」

「那妳先去休息一下吧，等會兒準備的時候過來叫我們。」唐強拍了拍小熙的肩，也進了保姆車。

阿遙繞著小熙飛了兩圈，跟在唐強身後飄進保姆車。

車上的小電視正播著新聞，莫榛單手撐著下巴，面無表情地盯著螢幕。

唐強在莫榛身邊坐下，「你什麼時候變得這麼愛看新聞了？」

莫榛維持著剛才的姿勢，連眼皮都沒有抬一下，「昨天。」

唐強從車上翻出幾份報紙，遞到他面前，「這是今天的報紙，我叫小熙去買的，你要看嗎？」

莫榛低頭看了報紙一眼，「放著吧，我回去再看。」

唐強放下報紙，又問道：「你覺得小熙怎麼樣？」

「就那樣吧。才見過一面，還看不出什麼。」電視裡的晨間新聞播畢，莫榛關掉電視，拿起劇本看了起來。

唐強應了一聲，拿出幾份早餐問道：「吃嗎？」

莫榛盯著劇本搖了搖頭，「我吃過了。」

唐強意外地挑了挑眉，「今天怎麼了，莫天王竟然勤快地自己做早餐？」

「是我！是我做的！」阿遙蹲在唐強身邊，拚命地指著自己。

唐強自然看不到她，只有莫榛趁唐強不注意時，警告地看了她一眼。

阿遙扁了扁嘴，安靜地飄到後面去了。

接下來幾天，阿遙依然每天跟著莫榛到片場報到。小熙每天都會為莫榛準備三餐，除了片場發的午餐便當，其餘兩頓都是小熙親手做的。

小熙人很機靈，也很勤快，最難得的是對於莫天王的脾氣相當忍讓，完全沒有抱怨。

唐強很滿意，看來小熙有望待在莫榛身邊超過一個月，這會創下近年來的歷史新記錄。

但阿遙總覺得小熙有點奇怪，可是要她說哪裡奇怪，又說不清楚。除了偶爾看向莫榛的眼神太過熱情，小熙的工作可以說是無可挑剔。

對了，就是眼神。別人可能沒注意到，但阿遙是鬼，總能看到別人看不到的東西。

小熙不經意間流露出來的眼神，讓阿遙覺得很不舒服。

《上帝禁區三》的拍攝漸漸步入正軌，莫榛越來越忙，收工時間也越來越晚。小熙每天會提前兩個小時離開片場，先去莫榛家裡把晚飯做好，等莫榛回來後再將大門鑰匙還他。

莫榛在片場拍戲時，阿遙基本上都和小熙待在一起。這幾天唐強都沒來片場，看樣子對小熙十分放心。

電話震動的聲音從旁邊傳來，小熙跑過去拿起手機，是唐強打來的。

「唐先生，有什麼事嗎？」

「莫榛在網路上訂的東西送到我家了，妳過來拿一下。」唐強那邊有些鬧哄哄的，「我現在要趕去公司，東西在樓下警衛那裡，妳報我的名字和電話就可以了。」

「好的。」小熙應了聲，放下手機時還聽見唐強抱怨著莫榛又買了一堆垃圾食物。

小熙看了看還在拍戲的莫榛，和身邊的場務說了聲，就開著保姆車走了。

阿遙猶豫了一下，還是決定跟著小熙一起去。

小熙將車開到唐強的公寓，向警衛要了包裹後就返回了莫榛家中。

有好幾個包裹，從包裝來看裡面應該全是食品。小熙將包裹拆開，將裡面的東西一樣一樣拿了出來，當看見十幾盒水果布丁時，她有些激動地笑了起來，「原來莫榛真的喜歡吃水果布丁啊，哈哈哈哈哈。」

阿遙被她笑得毛骨悚然，這個小熙有問題！

只見小熙拿出手機，對著布丁一連拍了好幾張照片，接著用手機登上了海角論壇。

阿遙飄到她背後，默不作聲地偷看。當她看到小熙的暱稱是「我肚子裡滿滿的都是榛子」時，她才想起來，這個人在論壇裡追問過莫榛是不是真的喜歡吃水果布丁。

當時還不覺得有什麼，再看見這個暱稱時，阿遙忍不住打了個寒顫，真的是……好變態啊。

小熙把照片傳到網上，發了一篇文：榛子真的喜歡吃水果布丁，有圖有真相她發完後也沒等別人回覆，就直接登出了論壇，再將地上的食物整整齊齊地排進冰箱裡，再往二樓去。

阿遙眉頭一挑，二樓是莫榛的私人空間，別人是不准隨便上去的。

小熙徑直拐進莫榛的臥室，打開衣櫃，從裡面取出一套睡衣，抱在懷裡深深地嗅了一口。

阿遙看得頭皮發麻，天啊，這不就是傳說中的變態粉絲嗎！

小熙嗅了一會兒，就將衣服原封不動地放回衣櫃，接著又在莫榛的床上打滾起來，將被子捲在身上，一臉陶醉地叫著偶像的名字。

阿遙看得雞皮疙瘩都豎了起來，即使她現在已經沒有雞皮疙瘩了！正想著怎麼辦，就見小熙從床上坐起，在包包裡翻找了一陣，突然跪在床邊不起來了。

阿遙好奇地湊上前，發現小熙竟然在裝竊聽器！

裝完了竊聽器，她又進莫榛的浴室，在裡面看了好久，才找到一個合適的位置，將手中的東西放了上去。

阿遙飄過去仔細地研究了一番，最後得出結論——針孔攝影機！

這種福利等小熙變成鬼再來享受吧！阿遙想也沒想就打開了蓮蓬頭，冰冷的水嘩一聲噴灑而出，嚇得小熙大叫起來。

「怎麼回事？」

她慌慌張張地關掉蓮蓬頭，可是不到一秒，蓮蓬頭又自己打開了。

「啊——」小熙嚇得不輕，尖叫著跑出浴室。她一路衝到一樓，直奔大門而去，可是不管她怎麼轉動門把，門都打不開。

「到底怎麼回事！」她臉色發白，兩隻手死命地轉著把手，門還是毫無動靜。

下一刻，突如其來的說話聲又害小熙一陣慘叫，她微微探頭，才發現是電視開了，正在播出節目。

她嚇得癱坐在地，還沒緩過神，頭頂的電燈開始閃爍，忽明忽暗，還夾著滋滋的電流聲。窗戶也吱吱呀呀地響個不停，不斷地開開關關。

「呀——」小熙抱著腦袋尖叫一聲，掙扎著從地上爬起，跑去電視旁邊躲著。

然而眼前的地板上，忽然滲出了點點血跡，慢慢地連在一起，變成了六個字。

我死得好慘啊……

血紅的大字一一出現，小熙猛然睜大眼，張著嘴卻無法發出聲音。

倏地，帶著水聲的腳步聲傳來。她顫抖地別過頭，第一個，第二個，第三個，腳印從遠處一路往她的方向來，甚至越來越快。

「啊！救命！有鬼啊啊啊啊！」小熙尖叫出來，額上冷汗涔涔，臉色慘白。

看著腳印在自己面前停下，她的後背已經全濕了。

那個東西，已經走到自己面前。

滴答。

一滴冰涼的水滴落在小熙側臉，順著她的脖子滑進衣領裡。

「救、救命啊——」她從電視旁爬回門口，拚命地轉動門把。

終於，喀嚓一聲，門開了，她直接飛撲出去，狠狠摔在石子地板上。

顧不得身上疼痛，她連滾帶爬地朝外逃跑，「救命啊！有鬼啊！」

阿遙看著小熙遠去的背影，思考著她這樣會不會被送進精神病院。

唉，誰叫她想奪走身為鬼的福利呢。

第九章

廚藝

阿遙將屋子收拾了一下，又把小熙裝的竊聽器和針孔攝影機都搜了出來，莫榛剛好到家。

聽見關門聲，阿遙邀功似地飄到樓下，「莫榛，跟你說，你的助理是個變態！她偷偷在你房間裡裝竊聽器和針孔攝影機，還抱著你的被子在床上滾來滾去！」

莫榛眉頭一皺，「妳說什麼？」

「我說那個小熙是變態啊！」阿遙動了動手指，竊聽器和針孔攝影機都飛了過來，「你看你看，這就是證據！」

莫榛看著飄在半空中的東西，一把將它們握在手中。掏出手機，直接撥給唐強。

「莫榛，怎麼了？你的糧食我叫小熙領回去了。」

莫榛不快道：「小熙在我的房間裡裝了竊聽器和針孔攝影機。」

「什麼？」電話那端唐強的聲音不自覺地提高，「你怎麼發現的？」

「別管我怎麼發現的，總之我發現了。」莫榛的語氣聽上去極度不悅，「這件事你打算怎麼處理？」

唐強皺著眉頭想了一會兒，問道：「她沒拍到什麼吧？」

莫榛抿了抿唇，「應該沒有。」

「那就好。」唐強鬆了一口氣，「這件事我來處理，小熙人在哪裡？」

莫榛看了一眼阿遙。

阿遙無辜地眨了眨眼，「被我嚇跑了。」

莫榛吸了一口氣，才對唐強道：「不知道。」

「好吧，這事情交給我，你不用擔心。」

「嗯。」莫榛掛斷了電話。

再次對屋裡進行了一番檢查後，確定沒有遺留的作案物品，莫榛才問阿遙道：「她還碰了些什麼？」

阿遙指了指莫榛臥室裡的大衣櫃，「你的衣服。」很好。

莫榛額上的青筋一跳，走上前去打開衣櫃，「哪一件？」

「這個。」阿遙指了指莫榛平時睡覺穿的那件睡衣。

莫榛一把將睡衣扯了出來，嫌棄地扔進垃圾桶裡。

阿遙好意地提醒：「她還睡了你的床，該不會你連床都要丟掉吧？」

莫榛額上的青筋又猛地跳了兩下，「當然也不要。」這些經濟損失全算在唐強頭上！

阿遙驚訝地問：「那你今晚睡哪？」

「客房。」莫榛的主臥室旁，還有一間客房，平時沒有人住，沒想到這時派上了用場。

在新的床送來以前，他會一直住在那裡。

等處理完床的問題後，已經快十點了。胃裡猛然傳來的絞痛，提醒著莫榛還沒吃晚飯——而且因為生了太大的氣，胃又痛了起來。

看著莫榛陡然蒼白的臉色，阿遙嚇了一跳，「怎麼了？」

他皺著眉頭沒有回答，扶著樓梯扶手走到一樓，倒了杯熱水，坐在沙發上休息，但胃裡的疼痛並沒有減輕多少。

「你到底怎麼了，是不是胃痛？」阿遙繞著莫榛焦急地轉了幾圈。

「妳別轉圈了，晃得我頭暈！」

阿遙乖乖停下來，眼巴巴地望著莫榛。

「電視櫃下面左邊第二個抽屜裡有藥，幫我拿來。」莫榛靠在沙發上，額頭已經滲出一層薄薄的冷汗。

「好！」阿遙轉身朝電視櫃飄去，將裡面的藥全拿了出來，擺在莫榛面前，「快點把藥吃了吧。」

莫榛抱著肚子從沙發上坐起，取出幾顆藥，吃下去後，繼續躺回去休息。

阿遙看著他依舊緊蹙的眉頭，飄到廚房裡考慮起晚餐要煮什麼。胃痛的話應該吃容易消化的東西，那就熬點粥好了。

幸好前幾天小熙煮的白飯還有剩，從冰箱拿出來後，她開始動手煮粥。

聽著廚房裡傳來乒乒乓乓的聲響，莫榛微微睜開眼，然後看著鍋碗瓢盆自己在廚房裡動個不停，又默默地閉上眼睛。

阿遙在廚房裡忙了半個小時，總算熬好粥了。

盛了一碗粥到客廳，阿遙對著莫榛的耳朵吹了口氣，「莫榛，起床吃飯了。」

莫榛的睫毛顫了顫，睜開眼便看到一張大臉，「離得太近了，妳的臉和餅一樣大。」

阿遙嘖了聲，飄到一步以外，「趁熱吃吧，不然待會兒胃又要痛了。」

吃了胃藥，現在疼痛已經緩和許多，莫榛慢吞吞地從沙發上起來，看著那碗還冒著熱氣的粥默不作聲。

「呃……」阿遙飄了回來，獻寶一樣道，「別看它賣相普通，味道可是很好的哦！」

莫榛抬眸看著阿遙，忍不住輕笑，「怎麼，妳生前也是天才小廚娘？」

「不，我是小當家！」阿遙說著，還擺出了小當家的經典姿勢。

莫榛低著頭笑了，拿起湯匙吃了起來。

「味道怎麼樣？」看莫榛只是吃，都沒講半句話，阿遙緊張兮兮地問。

「還不錯。」莫榛說的是實話，這女孩還是有些可取之處的。他吃了兩口粥，問道：「對了，妳今天是怎麼把小熙嚇跑的？」

阿遙興奮地上下亂飄，「你等著看啊，就是這樣！」

只見電視機啪一聲自動打開，客廳裡的吊燈也忽明忽滅起來。

莫榛的嘴角一抽，「夠了，謝謝。」

「不把整套看完嗎？」阿遙訕訕地停了下來，可是沒過兩秒，又興奮地道，「你沒看見她今天嚇成什麼樣子，大叫著『有鬼』就衝出去了，哈哈！」

看阿遙那副得意的樣子，莫榛嘴角不自覺地上揚，又低頭喝了一口粥。喝完粥，胃已經不痛了。莫榛沖了澡，換套新睡衣下了一樓，就見阿遙蜷縮在沙發上，身體比平常來得透明。

「妳怎麼了？難道做了好事要升天了？」

「唔……」阿遙低頭看了看自己的身體，「沒什麼，應該是太累了吧。」今天嚇唬小熙和幫莫榛熬粥，耗費她太多氣力，都快維持不住形體了。

「我休息一下就好……」她說著說著閉上了眼睛。

莫榛看了阿遙一會兒，見她真的睡了過去，便輕手輕腳地從沙發起來，將碗放在水池裡。

這些鍋碗瓢盆，明天叫唐強過來收拾吧。

走回客廳，月光從落地窗照入，在地上投下一片銀輝，阿遙身上也染上一層銀白色的光暈。濃密的睫毛在眼窩處投下兩片淺淺的陰影，長長的頭髮柔順地搭在肩上，繞過白皙的手臂，一直垂到腰際。

鬼使神差地，莫榛突然想起沉睡在森林深處的睡美人，自己彷彿就是那個披荊斬棘的王子，只要走過去低頭一吻，就能喚醒沉睡的公主。

莫榛抿了抿唇，在心裡深深地反省，自己居然有這麼荒唐的想法，竟然想去親一個女鬼！

一定是清心寡欲太久，才會變得這麼飢不擇食。

莫榛轉身上了二樓，砰一聲關上房門，他必須去浴室洗把臉醒醒腦。

客廳裡的阿遙微微一驚，睜開了眼，有些莫名地看了二樓一眼，打著哈欠從沙發上坐起。

雖然已經當鬼當了一段時間，可是在夜深人靜時，她還是很容易感到寂寞。

有些無所事事地在客廳裡飄了兩圈，她打開了茶几上的筆記型電腦。

想起下午小熙拍了照片傳到網路上，她直接進了海角論壇。

首頁的人氣文章裡，果然就有那篇文：**榛子真的喜歡吃水果布丁，有圖有真相**

第一頁只放了幾張水果布丁的照片，根本說明不了什麼，大家被標題騙進來後，紛紛回了「詐騙文」，這篇文章也該默默沉下去了。

如今它之所以上人氣貼文，多虧了樓主最新的一句回覆。

「莫榛的家裡有鬼啊！真的有鬼啊！」

第十章

距離

阿遙微微皺眉，這個笨女孩還敢在網路上說，是怕出名出得不夠快嗎？將瀏覽器往下滑動，阿遙看著下面的回覆。

「樓主妳夠了，要詐騙也編得真實點好不好？」

「呵呵，樓主不是有圖有真相嗎，鬼的照片來一張吧。」

「樓主知道擅闖民宅是犯法嗎？多讀點書再來吧。」

樓主本來回覆完就消失了，也許是其他人的發言激怒了她，竟然將自己是莫榛的助理一事講了出來，還貼了好幾張在片場偷拍的照片。

於是這篇文章又掀起了新的話題，畢竟樓主貼出了片場照片，就算她不是莫榛的助理，也肯定是相關人士。

阿遙看著小熙在文裡舌戰群雄，爆料出來的東西越來越多，一個沒忍住也跟著發表了一篇回覆。

「大家不要相信她！她才不是莫榛的助理，她只是一個變態跟蹤狂！你們沒發現照片全都是偷拍的嗎，她之前還企圖在莫榛家裡裝竊聽器和針孔攝影機，被莫榛發現了！」

這個帖子回覆一秒後，阿遙就後悔了，總覺得不小心爆了猛料出來。

果然這篇文又紅了起來。

「竊聽器和針孔攝影機？警察叔叔就是這個人！」

「貞子又出現了，難道貞子才是真的助理嗎？」

「我只關心棒子的貞操還在嗎？」

「你們問精神病患話做什麼？這時候只需要幫她撥打 110 就可以了。」

阿遙看見不斷冒出來的新回覆，衷心祈禱莫榛不會發現。

關掉電腦，阿遙嫻熟地飄上二樓，做起每晚必備的功課——看莫榛睡覺。

在外時，莫榛優雅有禮又帶著淡淡的疏離；面對阿遙時，他就像一座活火山，隨時有噴發的可能；睡著的莫榛，柔和得一如天上的彎月，沒有天王光環，

沒有暴躁怒吼，單純得像個孩子，總讓阿遙想起那些在校園裡奔跑嬉戲的少年。

蹲在床前托腮看著莫榛，也許這時的他，才是最真實的。

晚風從窗外吹入，帶起窗前輕薄的白紗窗簾，莫榛的瀏海輕輕擺動著，只有阿遙身上的衣物靜止不動。

微微垂了垂眸，她忍不住想，要是自己還活著時遇見莫榛，會怎麼樣呢？

越是靠近，越是感覺到彼此的距離。

抬眸看了眼睡夢中的莫榛，阿遙笑了笑，「晚安，房東先生。」

也許是前一晚胃痛造成的疲倦，今早唐強的電話都沒能把莫榛叫醒，還是阿遙掀了被子，脾氣火爆的大明星才被冷醒。

當然，阿遙的行徑又換來一輪咆哮，她邊捂著耳朵邊看莫榛打開衣櫃翻找衣服，慢吞吞地飄出房間。

前幾天因為有小熙在，阿遙從被奴役的命運中短暫地解放了。但小熙大概回不來了，阿遙又肩負起做早餐的重任。

聽著麵包機叮一聲，阿遙喜孜孜地將烤好的吐司擺進盤子裡。

莫榛從樓上下來，本來想吃個檸檬醒醒腦，打開冰箱後卻愣了一下，「這些東西什麼時候送到的？」

這些東西指的是他網購的一大堆零食。

阿遙朝冰箱裡瞟了一眼，答道：「昨天啊，小熙去拿的。」

莫榛皺了皺眉，想起昨天在電話裡唐強好像說過東西送到了。

修長的指尖從一大堆食物上一一劃過，最後落在一罐牛奶上。正想將牛奶拿出來，阿遙的大吼卻從旁邊傳了過來，「不行！你昨天晚上胃痛，今天冰箱裡的東西都不准吃！」

莫榛側過頭，好笑地看著阿遙，「妳以什麼立場說這些話？」

「嗯……房客？」

「再見。」莫榛拿出牛奶，關上冰箱。

阿遙見他轉身就走，鍥而不捨地追了上去，「你要是不聽話，我就在你家裡搗亂！」

莫榛的嘴角抽了抽，「那我就找人來收妳。」

阿遙掩面，轉身飄走了。「嗚嗚嗚嗚……不要找人收我啦……」

這是她的死穴，一戳就中。

她雖然號稱女鬼，但除了搗亂，什麼實用的技能都沒有。

莫榛看了垂著腦袋的阿遙一眼，將牛奶放在桌上，再幫自己倒了杯溫水。

剛吃了兩片麵包，唐強的電話又催命般地響了起來。莫榛嘆口氣，拿起手機出了門。

抵達片場，唐強先跟莫榛說了一下公司對小熙的處罰，就拉著他神祕兮兮地竄上保姆車。

「到底什麼事？」莫榛有些不耐煩，「唐強，我的床也要換掉，盡快幫我處理。」

唐強愣了一下，也沒問原因，只應了聲好。大明星嘛，總是有一些奇妙的堅持，要換就換吧。

將保姆車上的電腦打開，唐強點進了海角論壇。

「你看，這個發文的ＩＤ確認過了，確實是小熙，文章也已經向版主申請刪除了，應該很快就會處理好。對了，我用你的FB帳號向粉絲澄清了那篇論壇文章都是造謠。」

莫榛掃了電腦一眼，「還有什麼問題？」

「問題是這個。」唐強握著滑鼠的手往下滑動，在某一樓停了下來，「下午四點三十六分，小熙發帖說在你家撞鬼了。」

莫榛轉頭看向飄在一旁的阿遙，對方撇過頭，絲毫不敢迎向他的目光。

「還不止這樣，你看這裡。」唐強又動了動滑鼠，「晚上有叫貞子的ＩＤ，爆料說小熙在你家安裝竊聽器和針孔攝影機。」

莫榛微微瞪大了眼，再次看向阿遙，做出「妳死定了」的嘴形。

阿遙剛好看到這一幕，嚇得立刻飄出保姆車。

媽呀，她要被收走了，逃到哪裡去比較好啊啊啊！

「這個叫貞子的之前也在論壇上回過文，你等等。」唐強飛快地點了幾下鍵盤，螢幕上就出現了阿遙之前罵莫榛的文。

莫榛看著那幾行字，臉色越來越黑。

唐強盯著電腦螢幕，一副若有所思的樣子，「最奇怪的是，她說的這些都是真的。」

莫榛額上的青筋暴起，冷笑道：「哦？你覺得我無禮又傲慢、小肚雞腸又斤斤計較？」

唐強的眼角一跳，笑呵呵地回應，「怎麼可能，我是說你的臥室貼著自己的海報和你喜歡吃水果布丁啦。」

莫榛沒有說話，繼續看著唐強微笑。

唐強抹了一抹不存在的冷汗，「莫榛，你老實告訴我，你是不是有女人了？」

如果不是把人帶到家裡，怎麼可能連臥室裡貼著海報這種事都知道？

莫榛低著頭沒說話，只是繼續往下看回覆。

唐強抿了抿唇，道：「莫榛，我不反對你談戀愛，但是會在網路上隨便爆料的人不適合深交。」

「放心吧，我會收拾她的。」莫榛邊看回文邊回覆道。

唐強瞪大了眼。

莫榛承認自己有對象了？而且收拾她……該不會是在床上收拾吧……

莫榛強忍著怒氣又翻了一頁，再次看見那個叫貞子的ＩＤ，是在幫他證明他沒整形也沒陪睡，緊鎖的眉頭微微鬆開，關掉了網頁。

哼，算她識相還知道替他說話，不然這次一定叫道士把她收得乾乾淨淨。

直到莫榛離開保姆車，唐強仍然沒有回過神。他幾乎天天跟莫榛待在一起，莫榛到底是什麼時候有了女人，他竟然不知道！

作為一個王牌經紀人，唐強的自信心受到嚴重打擊。

第十一章

神棍

自從阿遙逃出保姆車，莫榛一整天都沒有在片場看到她。

回到家，莫榛打開客廳的吊燈，鬆了鬆領口在沙發上坐下。

「出來。」

屋裡很安靜，聲音迴盪在客廳上方，聽起來竟有幾分寂寥。

等了一會兒，客廳裡沒有動靜，莫榛隨手解開領口的鈕釦，將頭枕在沙發的上，「再不出來，以後都不用出來了。」

身旁慢慢冒出一團模糊不清的白光，逐漸凝結成一個人形。莫榛側過頭去，便見阿遙乖巧地坐在沙發上，偏頭對自己微笑，「晚安，莫先生。」

嘴角牽起一個恰到好處的弧度，他回以微笑，「晚安，幽靈小姐。」

比起這段詭異的對話，阿遙覺得莫榛臉上的笑容更詭異。各種意義上來說，笑起來的他絕對比不笑的他危險一百倍。

迅速判斷好情況，阿遙覺得搶先出擊才是上上之策，「親愛的莫先生，關於論壇的事我可以解釋的。」

「不，妳不用向我解釋，反正我只是個傲慢又無禮、小肚雞腸又斤斤計較的男人。」

阿遙苦著臉想，這不是小肚雞腸又斤斤計較是什麼？

「莫先生，這真的只是意外，主要是因為……你的電腦沒有設開機密碼。」

莫榛輕挑了眉一下，「哦，所以是我的錯嗎？」

嗖一聲從沙發上站起，莫榛打開電腦，手指飛快地敲擊著鍵盤，開機密碼立刻出爐。

阿遙想偷看螢幕，但還是看不清楚密碼是多少。「莫榛，我開玩笑的嘛，你還真的設密碼啊？你的密碼是不是你的生日？」

莫榛扣上電腦，回過頭來微笑道：「不，是我的三圍。」

阿遙的眼光在莫榛身上掃了掃，然後呵呵笑了兩聲，「你方便讓我量一下嗎？」手指還在空中比劃了一下。

莫榛心想，怎麼會有這麼不知羞恥的女鬼！

「這次就算了。妳以後要是再敢在網上亂說我的事，我就找道士收了妳。」

阿遙愣了愣，好心地提醒道：「那些道士好多都是騙財騙色的，你不會真的相信吧？」

「不用擔心，我認識專業的。」狠狠地瞪了阿遙一眼，莫榛掏出手機，打開冰箱，對著堆得滿滿的零食拍了幾張照。

阿遙看著莫榛的舉動，雖然有些莫名其妙，但是她此時的關注點在另一件事上，「你真的認識道士？」

莫榛冷笑，「知道怕了？」

阿遙湊到他跟前，被莫榛嫌棄地躲開，「不准靠近我三步以內。」

阿遙撇了撇嘴，不情不願地往後退三步，「你認識的道士能不能幫我想起自己是誰呢？」

手上動作不自覺停下，莫榛沉默了片刻才從冰箱前站起，「我看得見妳，難道妳一點都不覺得奇怪嗎？」

阿遙微微一愣，她從沒想過這個問題，經莫榛一說，還……真的有點奇怪。

「難道你有陰陽眼？」阿遙眼眸一亮。

莫榛不用看也知道她在想什麼，他走到客廳的大沙發上坐下，「妳把這個消息爆料出去，在我上頭條以前，妳會先進精神醫院。」

阿遙嘟噥道：「我可以穿牆出來……」

莫榛狠狠一瞪，她趕緊閉上嘴。

「我並不是所有的鬼魂都能看到。」

「嗯？」阿遙側頭看著莫榛，似乎有些不明白他話裡的意思。

「我只能看見枉死之人的魂魄。」

五歲那年，莫榛第一次見到鬼魂，不過不是人，而是一隻小貓的魂魄。小貓瘦瘦髒髒的，應該是隻流浪貓，乾癟的肚子上有一道猙獰的傷口，像是被咬傷的。

小貓在莫榛房間門口喵喵叫，一連叫了三天，他也發燒了三天。等燒退時，小貓已經不見了，只是從那以後，他時不時會看見孤魂野鬼。好在他們沒有什麼惡意，只是哭著要莫榛為自己報仇。

起初莫榛很無措，也很害怕，不過後來他漸漸發現，這些鬼魂過段時間就會自動消失，也不知道是什麼原因。於是莫榛學會了無視，靜靜等他們自己消失。

這些事他從沒對家人提過，因為他知道就算說了也不會有人相信。

這種狀況一直持續到小學二年級的暑假。

那年外婆說要帶他去山裡老家避暑，莫榛的父母不疑有他，放心將孩子交給了她。外婆確實帶他去了山裡，但不是去老家，更不是為了避暑。

小小的莫榛背著和他身材不相稱的大書包，裡面裝的全是暑假作業。面前那棟小木屋裡住著一個自稱是天師的男人，長相斯文溫和。

然後他聽見外婆對天師說，這個孩子，能看見一些不該看見的東西。

天師看著自己，似乎笑了一聲，薄唇微啟，只說了兩個字：「冤孽。」

後來的事莫榛就記不太得了，如果一定要說，只有幾個關鍵字——蟬鳴、西瓜、師父，還有忘記做的暑假作業。

阿遙一直埋頭看自己的腳尖，小聲地問了一句：「你的意思是，我可能是被害死的？」

莫榛放在滑鼠上的食指驀地停住，好一會兒才點開網頁，「嗯。」

所以他最近特別關注新聞，如果有命案發生，新聞上應該會報導。但最近半個月，連值得報導的事故都沒半條。

這時，電腦上彈出一個對話方塊，一排粉紅色的可愛字體跳了出來——

小舅舅，嘟嘟想你啦！親親！

莫榛低笑一聲，將自己剛才照的照片發了過去，然後訊息又傳了回來。

小舅舅，嘟嘟不愛你了！你怎麼能買一堆零食不給嘟嘟吃！QAQ

莫榛又笑了，阿遙好奇地抬起頭，朝螢幕看去，一個名叫「海綿寶寶」的人還在不斷發訊息來。

小舅舅你吃那麼多零食會蛀牙喔。嘟嘟幫你分擔吧，嘟嘟不怕長蛀牙！

莫榛的手指在鍵盤上敲擊幾下，回覆了一條訊息過去。

小舅舅已經過了蛀牙的年紀囉～對了，水果布丁很好吃喔 ^ω

阿遙差點沒被嚇死，不對，應該是被嚇活。

莫榛居然會用波浪號和 ^ω 符號，最重要的是，莫榛的暱稱竟然叫章魚哥！

莫天王的性格實在是太多元化了，絕對可以作為人格解離的典型案例。

……怎麼辦，總覺得又想上網爆卦了。

將下巴搭在桌上，阿遙目不轉睛地盯著螢幕，「這個柯南是你姪女？」

「嗯。」莫榛簡潔地應了一聲，又傳了幾張零食的照片上去。

阿遙覺得莫榛更幼稚，竟然跟自己的姪女炫耀零食，「她幾歲了？」其實她更想問，你幾歲了？

「七歲。」

「七歲就會上網了？」阿遙很驚訝。

莫榛回過頭，似笑非笑地看著她，「鬼都會上網，她為什麼不會？」

覺得話題再繼續下去又會變得危險了，阿遙識趣地飄去一邊。莫榛一直在和嘟嘟聊天，清脆的鍵盤敲擊聲迴盪在客廳裡。

直到嘟嘟的媽媽催她去睡覺，嘟嘟才依依不捨地給莫榛發了晚安的表情符號，刷牙睡覺去。

看著柯南的大頭貼暗了下去，莫榛瞟向坐在沙發另一端的阿遙。

「妳想報仇嗎？」突然的問題，讓阿遙有些錯愕地抬起頭。

阿遙沒有說話，只是搖了搖頭。

「既然不想報仇，那以前的事都不重要了。」

「……你是在擔心我嗎？」阿遙看著眼前的暴躁美男，有點難以置信。

「當然不是，我的意思是妳可以安心投胎了。」莫榛低頭看電腦，滑鼠漫無目的地在桌面上滑動。

這舉動在阿遙看來就像在掩飾害羞，她勾著嘴角朝莫榛飄去。

「莫榛人最好了……」

「妳還是不准上二樓跟三樓。」

「可惡……嗚嗚……」

見阿遙又去角落裝可憐了，莫榛在通訊軟體中找了找，點開一個叫「神棍」的聊天視窗。

「師父，你回來了嗎？有點事想請你幫忙。」

第十二章

生日

莫榛發出去的那條消息一直沒有得到回覆，而阿遙也繼續死皮賴臉地住在莫榛家裡，不知不覺就到了七月。

七月對莫榛來說和其他月分沒有多大區別，但是對他的粉絲來說，卻是非常重要的月分。

七月二十四日，莫榛的生日。

獅子座與生俱來的貴氣和王者之姿，在莫榛身上得到完美體現。就連阿遙都不得不承認，獅子座真的很適合莫榛——前提是不考慮他在家的情況下。

每年到了這天，各地粉絲後援會都會為莫榛舉辦慶生會，網上各大論壇也隨處可見慶生文章。

莫榛本人倒是不怎麼在意，他過完生日就正式滿二十六歲了，早就不是會為生日歡呼雀躍的年紀。

《上帝禁區三》的劇組特地為莫榛舉辦了小型慶生會，莫榛把劇組買的大蛋糕照下來，發文謝謝大家這一年的支持。

宋霓終於找到了給莫榛獻殷勤的機會。

看著宋霓遞來的男士香水，莫榛很想一把砸在地上。唐強說過會和公司交涉，但是戲都拍了這麼久，這件事依然沒結果，宋霓還是天天纏著他。

溫柔地接過禮物，莫榛表現得有禮而疏離。幾近於劃清界限的舉動令宋霓的臉色不怎麼好看，莫榛卻毫不在乎，反正早晚會撕破臉。

劇組裡有不少人也準備了禮物，崔導看著莫榛哈哈笑了幾聲，豪邁地表示他送給莫榛的禮物就是放他半天假。

劇組已經馬不停蹄地拍了一個多月，能夠得到半天假期也是不錯的——雖然就算放假，莫榛也只想回家睡覺。

才剛發動車子，宋霓又來敲了敲車窗。

莫榛放很想直接踩下油門，但是劇組那麼多人在看，他還是耐著性子放下車窗。

「什麼事？」他的語氣透著明顯的不快，甚至連墨鏡都沒摘。

宋霓對他笑了笑，深V的衣領完美地展現了事業線，「前輩，今天是你的生日，晚上我請你吃日本料理吧。」

「不用了，我想回家吃泡麵。」

宋霓臉上的笑容僵了片刻，繼而越發迷人，「吃泡麵對身體不好，如果前輩想在家裡吃，我可以煮給你吃。」

茶色的墨鏡讓宋霓只能勉強看到莫榛的眼睛，卻讀不出情緒。不知怎麼地，這令她有些心慌，張了張嘴正想說話，外頭就颳起一陣大風。

披在肩上的大波浪捲髮被風帶起，吹得滿臉都是。她下意識地往後退了兩步，腳下高跟鞋一拐，啊一聲摔倒在地。

宋霓的助理見狀，趕緊上前扶她。

莫榛在下車與不下車之間猶豫了幾秒，還是決定踩下油門，離開片場。

「哈哈哈哈。」阿遙坐在車裡，一路大笑著飄離了片場。

「剛才的風是妳吹的？」開到半路，莫榛才問道。

「當然，保護房東也是房客的責任嘛。」阿遙點了點頭，自豪的表情就像在等著老師給她發一顆糖。

「妳會的倒滿多的。」莫榛左打方向盤，將車開上大馬路。

「這些只是小意思啦～」阿遙頓時得寸進尺，「難度再高一點的我也能做到呢！」

「哦？」莫榛挑了挑眉，「比如附身？」

「附身？」阿遙的眉頭苦惱地糾結在一起，「這個我不會。」

莫榛笑了一聲沒再說話，可是那笑聲聽在阿遙耳裡，就是實在的嘲笑。

「我很快就能學會附身的，到時第一個就上你的身！」然後把你身體的各種

尺寸都測量下來！

「呵。」莫榛這次是真的嗤笑，「我拭目以待。」

「哼哼。」阿遙哼了兩聲，打算回去潛心修煉附身術。

車子一路疾馳，阿遙指著不遠處的摩天輪，對莫榛道：「那邊是不是有個遊樂園？」

每次從這經過都能看見摩天輪，她想去很久了。

莫榛的目光順著看去，淡淡地嗯了一聲，「A市最大的遊樂園。」

阿遙興奮地看著他，「我們去遊樂園玩好不好？」

「不好。」冷冷地回了一句，莫榛拐了個彎，朝摩天輪的反方向開去。

看著漸漸遠去的摩天輪，阿遙可憐地嗚嗚了兩聲，「莫榛，今天是你的生日，你都不想慶祝一下嗎？」

莫榛的眼角跳了跳，扯著嘴角微笑道：「今天是我二十六歲生日，不是六歲的生日。」

「誰說大人就不能去遊樂園，我們應該保持一顆年輕的心，生活才會有樂趣！」

「遇見妳以後，我的生活已經有趣過頭了。」

見莫榛完全沒有掉頭的意思，阿遙在座椅上打滾，偶爾身體還會冒出車外。

「我要去遊樂園我要去遊樂園我要去遊樂園我要去遊樂園！」

「煩死了！」

「我要去遊樂園我要去遊樂園！」

莫榛咬牙忍住殺人的衝動，但對方已經是隻鬼了，他想殺也沒辦法。一個急剎車，他恨恨地掉頭往回開。

直到站在遊樂園門口時，他才反應過來，他可以讓阿遙一個人去，自己完全沒有必要陪著她啊！

「我們進去吧！」阿遙眼睛發亮地看著遊樂園大門，一副期待已久的摸樣。

莫榛戴上鴨舌帽，又將連帽外套的帽子也戴上，「我要回去了，妳自己逛。」

「不行！」阿遙擋住他的去路，「都走到門口了，怎麼可以臨陣脫逃！」

莫榛在心裡瘋狂咒罵，門口幾對情侶路過他身邊時，怪異地打量了幾眼，害得他只能轉身走進遊樂園。

阿遙一直興奮地跟在後頭，看到什麼都能哇哇大叫。

莫榛只顧低著頭走路，雖然今天是工作日，但是學生都放暑假了，遊樂園的遊客還是很多，要是被認出來，他一定會屍骨無存。

「摩天輪，我們去坐摩天輪！」阿遙激動地去扯莫榛，但是手卻從莫榛的身體穿了過去。

莫榛皺了皺眉，見摩天輪前排隊的人不是很多，便買了一張票。

廂門關上，摩天輪悠悠地動了起來。外面紛紛擾擾的聲音好似被轉至靜音，莫榛看著窗外景致，心逐漸平靜下來。

阿遙趴在窗邊，興致勃勃地看著地面風景。

莫榛終於將帽檐抬高了一些，「既然妳能飛這麼高，還專程跑來坐摩天輪幹什麼？」

阿遙不能坐車，同理可證摩天輪也一樣。

「自己飛和坐在摩天輪裡飛又不一樣！」阿遙鼓著臉，努力解釋道。

莫榛無語，這女孩的智商真的沒高於地表過啊。

摩天輪一路緩緩上升，莫榛沒再說話，阿遙覺得和他一起坐摩天輪實在是太悶了！明明就是個帥哥大明星，怎麼和他待在一起沒有半點害羞的感覺？

而且在這種密閉空間裡，不是都會發生臉紅心跳的事嗎？

「妳在想什麼？」莫榛冷淡的聲音傳來，打斷了阿遙的幻想。

她故作鎮定地咳嗽兩聲，坐直身子，「沒、沒什麼，只是聽說在摩天輪轉到最高點的時候許願，就一定能實現！」

「哦。」莫榛的反應平平，他從來不信這些都市傳說。

阿遙扁了扁嘴，飄到莫榛旁邊坐下，「剛好今天是你生日，你許個願吧。」

莫榛側頭看了她一眼，茶色墨鏡擋住他漂亮的眼睛，阿遙看不清他的眼神。

「希望我能中五百萬。」

「你不能一口氣要五百萬啊，好歹先許個五十塊錢試試看！」阿遙著急地道，「快點，再重許一次！」

莫榛直接轉頭無視她，真是對不起啊自己考慮不周。

從摩天輪下來時，阿遙本來還想拉莫榛去玩別的，就聽到一陣尖叫聲：「是莫榛！」

第十三章

天王

壓了壓頭頂的鴨舌帽，莫榛本想若無其事地離開，可是人群中「莫榛」、「莫天王」的聲音越來越多，他下意識加快腳步，後來直接用跑的。

那些路人也不管有沒有認錯人，全都跟著追了上來。

莫榛一路狂奔，非但沒有甩掉身後的大軍，反而有越來越多人加入她們的隊伍。

阿遙一直跟在莫榛後面，看著身後黑壓壓的一大片人，著急地飄到莫榛跟前，「你準備躲去哪裡？」

「男廁。」

「你覺得男廁擋得住她們嗎？」

「……擋不住吧。」

「去停車場好了，我幫你擋住她們！」

「妳要怎麼擋？」莫榛抬起頭，阿遙已經飄到後面去了，他只來得及看見裙罹在自己面前閃過。

這麼大的動靜，遊樂園園方也被驚動了，莫榛看著前面幾個衝過來的警衛，加快了腳下步伐。

說是要擋住粉絲，其實阿遙也沒什麼通天法力，只能故技重施。她颳起大風，吹得人眼睛都睜不開，四周樹木沙沙作響，擺在路邊的遮陽傘全都被吹翻在地，追趕的隊伍不得不停下來。

警衛順著風勢將人群攔截下來，莫榛一個拐彎就消失在眾人模糊不清的視線中。

大風又吹了好一會兒才停下，阿遙有些頭昏腦脹地飄到一旁，看著自己變得更透明的身體。

莫榛回到停車場直接上了車，一路開回別墅，直到關上家裡大門，才得以喘口氣。

將車鑰匙甩在桌上，他一屁股坐進沙發，等了十分鐘，阿遙還沒回來。

英氣的雙眉斂了斂，他張了張嘴，生硬地喚了一聲，「阿遙。」

這還是他第一次叫她的名字，想到自己曾信誓旦旦地說絕不會有需要她的時候，忍不住自嘲地笑了。

但阿遙還是沒出現，莫榛看了看時間，決定先去洗澡睡覺。明天他大概又要頭疼了，今天弄出這麼大的動靜，娛樂版肯定會大肆報導。

莫榛一覺睡到晚上六點，醒來時，阿遙還是沒回來。

中午只在劇組吃了幾塊蛋糕，下午時又劇烈運動了一下，他現在飢餓不已。

走到一樓，從冰箱拿出一盒鐵盒裝的餅乾，莫榛在電腦前坐了下來。打開電腦，登入上線，他失望地看著「神棍」那欄依然黯淡的大頭貼。

點開對話視窗，莫榛的手指在鍵盤上飛快敲擊著，「師父，萬年不上線，你申請帳號是申請好玩的嗎？」

發完這條消息，他又啪啪啪地在輸入框裡打字，可是寫了刪，刪了又寫，反覆好幾次。

斟酌半天，莫榛終於按下了發送鍵，「如果一隻鬼的靈力消耗過度會怎麼樣？」

雖然覺得對方回覆的可能性微乎其微，但是他還是緊張地等著。

出乎意料，對方很快有了反應，「會魂飛魄散。」

看著這句話，莫榛瞳孔微微一縮，就連空著的手也下意識握拳。

「騙你的，因鬼而異，大部分睡一覺就好了。」

「一點都不好笑好嗎。」

莫榛洩憤似地用力打字，似乎想把鍵盤戳出一個洞來。

對方發了一個笑哈哈的表情，又問道：「我要過完年才能回去，你上次說的事急嗎？」

莫榛皺著眉頭想了一會兒，回覆道：「等你回來再說吧。對了，你今天怎麼想起上線了？」

「特地上來跟你說句生日快樂，不用太感激我，再見。」

這句話之後，「神棍」就暗了下去。

莫榛起身到冰箱前，拿出義大利麵，剛把麵條放下去，門鈴就歡快地響了起來。

按下通話鍵，螢幕上出現了唐強的臉，「莫天王，生日快樂。」

莫榛扯著嘴角將房門打開，唐強提著蛋糕走進來，「我從來不知道你喜歡逛遊樂園。」

莫榛心想，就知道唐強特意過來，不會只為了說句生日快樂。

沒有理會經紀人無聊的調侃，他接過蛋糕拿回廚房，繼續守著自己剛剛放下去的義大利麵。

唐強也跟著走進廚房，看了一眼鍋裡翻滾的麵條，意外地挑了挑眉，「在遊樂園被粉絲狂追，所以心情特別好，特地煮麵慶祝？」

莫榛用筷子攪了攪鍋裡的麵條，「新聞不會這麼快就報導出來了吧？」

「不用等新聞報導，FB上已經吵翻天了。」唐強掏出手機，點開網頁，「你自己看。」

莫榛瞄了一眼，果然滿滿都是「莫天王生日獨遊遊樂園」的討論串。

「我不過是一時興起。」

「一時興起？」唐強簡直想衝上去搖莫榛兩下，「你下次能有個低調點的興起嗎？你知道要是被追上，會有什麼下場嗎？」

「我不會被追上。」莫榛看了看時間，從櫃子裡拿出餐盤。

唐強看著他那副事不關己的樣子，一股恨鐵不成鋼的心情油然而生，「莫天王，你是公眾人物，竟然一個人跑去遊樂園！」

莫榛聳了聳肩，反省道：「下次我會記得帶個人一起去的。」

這更糟糕好嗎！

唐強嘆了一口氣，最終明智地選擇結束這個話題，反正就算繼續下去，也不會得出什麼有用的結論。

莫榛將麵從鍋裡撈出來，淋上醬料。

唐強還在屋子裡走來走去，像是在尋找什麼。

「你在找什麼？」莫榛問。

「女人。」

「要找女人請去外面。」他端著盤子在餐桌坐下，絲毫沒有招呼唐強一起吃的意思。

唐強也不在意，走到桌前將蛋糕拆開，在上面插了蠟燭，「先許個願吧。」

「算了。」之前許了一個願，結果一出摩天輪就被粉絲狂追，現在又許，說不定天上直接掉顆隕石下來。

唐強也坐了下來，「你女朋友今天不陪你過生日？」

莫榛捲起一勺義大利麵，冷淡地瞥了他一眼，「我怎麼不知道我有女朋友？」

唐強頓了頓，「我上次問你的時候，你沒有否認。」

莫榛回憶了一下，微微笑道：「你可能搞錯了，我指的是我的小姪女，而不是女朋友。」

唐強微愣，繼而恍然大悟，原來在莫榛家裡的是姪女啊！他就說莫榛有女朋友的話，他這個經紀人怎麼可能不知道！

埋在心裡一個月之久的陰霾一掃而空，他拍了拍莫榛的肩膀，笑咪咪地道：

「小姪女不懂事，我理解，不過還是叫她不要隨便在網上爆你料了。」

「嗯。」莫榛淡然地將麵吸進嘴裡。

唐強在一旁看著，不禁也餓了起來。「莫榛，還有多的……」

「我只煮了一人份。」

「……告辭。」唐強憤而起身，頭也不回地走了出去。

吃完麵，又看了看時間，快要指向「8」的時針讓莫榛眉頭輕蹙。

那個笨蛋該不會迷路了吧？

莫名地有些心煩意亂，他躺在沙發上不停切換電視頻道，卻什麼都看不進去。

突然，房裡的燈熄滅，餐桌上蛋糕的蠟燭點了起來。

第十四章

八卦

「妳還真是陰魂不散。」莫榛看著微弱的燭光，嘴裡雖然說著風涼話，蹙了一整晚的眉卻緩緩舒展開來。

黑暗裡傳來嘖一聲，阿遙的身形漸漸出現，「我說過了，在我想起我是誰以前，我是不會走的。」

她抱著雙臂飄在半空中，居高臨下地看著莫榛，身影在黑暗中透著一股清冷白光，就像一個……女流氓。

「妳的出場很酷，可以把燈打開了嗎？」

阿遙氣鼓鼓地飄到莫榛面前，一字一字地說：「不、要！」

莫榛嘴角微抿，難得沒發脾氣。餐廳裡微弱的燭光只能照到蛋糕邊緣，房裡依舊漆黑，但這不妨礙他找到電源開關。

阿遙連忙制止道：「等等，先把蠟燭吹掉。」

「妳的意思是讓我摸黑走到廚房去嗎？」

阿遙沒回答，餐廳裡的燭光卻緩緩飛向客廳。插著兩根蠟燭的蛋糕慢悠悠地朝自己飄來，這畫面實在不怎麼美好，莫榛總有種它會直接砸在臉上的錯覺。

蛋糕輕輕落在客廳桌上，橘黃燭光在牆壁上映出一個大大的人影，莫榛呼一聲吹滅了蠟燭。下一秒，頭頂的燈一閃，房間裡明亮如初。

「你怎麼不許願就把蠟燭吹滅了！」阿遙看著冒著煙的兩根蠟燭，眉頭一皺，蠟燭又呼地燃了起來。

莫榛走到桌前彎下腰，輕聲道：「希望我能中五百萬，阿們。」

阿遙心想，看來他是真的很想中五百萬。

再次吹滅蠟燭，莫榛看著蛋糕都頭痛起來了。這麼大一個蛋糕，要怎麼吃完？想著公司裡的其他明星多喝兩口水都要被唐強指責，相比起來，他對自己簡直就是真愛。

插在蛋糕側面的塑膠小刀抖了抖，飄起來開始切蛋糕。

蛋糕是唐強訂的，是莫榛喜歡的水果慕斯蛋糕，阿遙看著上頭誘人的水果和奶油，吞了吞口水，將切好的蛋糕遞到莫榛面前，「生日快樂。」

莫榛考慮了片刻，還是伸手接過，「謝謝。」

「唔……」阿遙在原地扭動了兩下，扭扭捏捏地道，「今天真是對不起，我不該硬要你去遊樂園的。」

莫榛叉起水果，放進嘴裡，「妳後來去哪裡了？」

阿遙愣了一下，老實回答：「沒力氣了，飛不回來，就在遊樂園休息了一下。」

果然和師父說的一樣。

莫榛一邊切下一小塊蛋糕，一邊掏出手機。螢幕上擠滿了來自親戚朋友的祝福簡訊，他編輯了一條只有「謝謝」的訊息，統一回覆了出去。

放下手機，還沒到兩秒，手機鈴聲又響了起來。看了看螢幕，「嘟嘟」兩個字正在閃閃發光。

阿遙也跟著看了螢幕，「你姪女？」

「嗯。」莫榛接起電話，還沒來得及說話，童音就從聽筒裡傳了出來，「小舅舅，生日快樂！」

莫榛笑了笑，學著嘟嘟的口吻道：「嘟嘟真乖。」

嘟嘟在電話那頭呵呵笑，又奶聲奶氣地說：「小舅舅，你不乖哦，竟然一個人跑去遊樂園玩，都不帶嘟嘟去。」

這件事連嘟嘟都知道，難道說她也會逛ＦＢ嗎？現在的小孩子實在是太可怕了。

嘟嘟又纏著莫榛東拉西扯了一陣子，電話終於被嘟嘟媽媽接過去了，「小榛，有空回來吃個飯，爸媽都說了你好幾次了。」

「知道了。」

「還有，那個叫宋霓的，爸叫你趕緊甩了她，還說你眼光實在太差。」

說到這裡，嘟嘟也在那頭喊道：「小舅舅，嘟嘟也不喜歡她！嘟嘟不要她當我的小舅媽！」

「……」

莫榛覺得他們真的想太多了，「我和宋霓沒有任何關係，爸有空操心這些，不如叫他多操心一下自己的糖尿病吧。」

「老子沒有糖尿病，臭小子！」剛說完，電話那頭就傳來一聲中氣十足的咆哮，接著電話被人搶了過去。「老子正是壯年時期，不要在那邊亂說話！」

莫榛無語地道：「是是是，你每天都是被自己帥醒的。」

「哼，我要是不帥，你能生得這麼帥？」

「別人都說我長得比較像媽。」

嘟……嘟……嘟……

電話被掛斷，莫榛看著顯示「通話結束」的螢幕，將手機放在桌上，繼續吃蛋糕。

阿遙飄到旁邊坐下，盯著桌上的手機喃喃道：「你和家人的關係真好。」

這句話就像一顆石子落進莫榛心裡，激起一圈圈漣漪。

放到嘴邊的叉子不由自主地停頓片刻，他張嘴將蛋糕吞進肚子裡，「其實沒那麼好，我經常和我爸吵架。」

阿遙微微垂下腦袋，似在說給莫榛聽，又似在自言自語，「可是他們還是會記得你的生日，還會打電話過來跟你說生日快樂。」

而她，連自己的家人都記不得，更不用說生日了。

莫名地，嘴裡的蛋糕變得有些苦澀，莫榛放下盤子，「妳的家人會記得妳的生日，更會記得妳。」

阿遙的心頭一暖，連鼻尖都泛起一陣酸澀。「莫榛，我真想撲過去親你一口。」

莫榛聞言一頓，微笑道：「保持這種感覺，讓它永遠只是個想法。」

「你果然最壞了！」阿遙捂著臉飄走。

莫榛最終只解決了阿遙切給自己的那塊蛋糕，剩下的五分之四，不，也許是六分之五，本想放進冰箱裡保存，可是因為剛剛送到的大批零食，冰箱裡已經沒有蛋糕的容身之地了。

看著桌上的水果蛋糕，莫榛思量再三，做了一個艱難的決定，就讓它……這樣放著吧。

上二樓洗完澡，他又抱著電腦開始上網。首先，他需要登入ＦＢ，接受大家一整天的祝福。

除了鋪天蓋地的生日祝福外，下午遊樂園的話題依然在ＦＢ上延燒著。

莫榛抽著嘴角點開回覆，一條條看。翻了四、五頁，大同小異的評論讓他失去了興致，正想關掉ＦＢ，右上角又有新的提醒跳了出來。

而且提醒增加的速度極快，轉眼間就累積了近百則。成幾何倍數增長。

莫榛眼角微微一跳，有種不祥的預感，點開第一條，是兩分鐘前發布的新聞。

莫榛被劈腿了！有人在酒吧目睹宋霓和她的新男友舉止親密，終於明白莫榛為何會在生日當天獨遊遊樂園了。

下面放了幾張圖，燈光昏暗看得不甚清晰，但還是認得出畫面裡的女人是宋霓。而她挽著的男人，大概就是傳聞中的新男友了。

新聞並沒有特地tag莫榛和宋霓，但是被這條消息激怒的粉絲已經迫不及待地轉貼，想讓莫榛看到宋霓最糟糕的一面。

宋霓就算傳緋聞，也該專一地和莫榛傳，半路跑去和別的男人曖昧算什麼！

這是挑釁，赤裸裸的挑釁！

第十五章

公司

粉絲們在ＦＢ上瘋狂轉貼兼攻擊宋霓時，又有好事者貼出一張莫榛在遊樂園時的照片，落寞又無措的側臉在在顯示了莫榛被劈腿的傷痛。

這無疑是在粉絲的傷口上撒鹽，隔著螢幕都能聽見無數少女倒抽一口涼氣的聲音。正所謂越挫越勇，受了傷的粉絲們反而攻擊力大增，一天轉貼數百次，製作懶人包等等都沒有問題。

由於敵我力量懸殊，大戰開始沒多久，宋霓和她的新男友就屍骨無存了。順帶一提，那位新男友的身分也被肉搜出來，是某時尚雜誌新簽約的模特兒。

莫榛靜看這場圍剿大戰，雖然他去遊樂園……真的和宋霓沒有任何關係，不過被傳被劈腿，這不符合他一向孤高冷漠的風格。

最後他發了一篇聲明在粉絲團上。

我不知道謠言是怎麼開始的，但我和宋霓並不是男女朋友，從來都不是。我去遊樂園只是因為剛好生日，又得到半天假期，別無其他。謹以此發文祝福宋霓和她的男朋友，百年好合。

這則發文一貼出來就被瘋狂轉載，有人讚嘆莫榛風度好，有人跟著他一起祝百年好合，更多人是趁亂告白。

莫榛才看了幾條留言，手機便震動起來。「唐強，什麼事？」

「我剛才看見新聞說宋霓劈腿，你千萬別衝動啊，莫榛。」

莫榛看著自己剛發的文章，淡然地道：「我一點都不激動，我還發了一篇文章祝福他們百年好合。」

雖然莫榛和宋霓切割得乾乾淨淨，但這並不是公司想要的結果。作為一個藝人，不配合經紀公司的宣傳跟要求，絕對是吃力不討好的事。

「後續報導我會再聯繫你的。」看完文後，唐強無力地回答。光是想像公司高層的怒罵，他就覺得頭皮發麻。

莫榛卻完全不放在心上，反正談得攏就繼續合作，談不攏就換公司。他就算離開凱皇，依然是莫榛，不會有任何改變。

剛掛斷唐強的電話，向雲澤的名字又在螢幕上亮了起來。

「莫天王，生日快樂，恭喜你正式步入老男人行列。」

莫榛嘴角一抽，「我記得我們同年，而且你還是上半年的。」

「我和你不一樣，明星隨著年齡的增長只會貶值，學者卻會增值。」

「我覺得你同時侮辱了明星和學者這兩個職業。」

「我很榮幸。」

「……」莫榛吸了一口氣，耐著性子問，「所以你打來只是為了說這個嗎？」

「還有一句。如果你真的找不到人陪你去遊樂園，我可以勉為其難同行。」

「……黎家那個女孩子醒了嗎？」雖然話語欠揍，但莫榛還是聽出了向雲澤聲音中的疲憊。

「被你發現了嗎？」向雲澤沉默了片刻，才道，「本來今天想請你吃飯的，可是下午她的病情突然惡化，才耽誤到現在。」

莫榛眉頭動了動，「現在怎麼樣了？」

「已經穩定下來了，不然我也沒心情打給你。」

「……這個重色輕友的傢伙，滾吧。」莫榛掛斷電話，躺倒在床上，才看到阿遙飄在床邊。

「你朋友的朋友還沒有康復嗎？」

明明只是普通的問句，莫榛卻只注意到阿遙一開一合的小嘴。別開目光，他朝著窗戶那側翻過身，心裡暗罵自己真是瘋了。

見莫榛不理自己，阿遙立起身體，又飄到窗邊，「哼，不說就不說，小氣鬼。」

「小氣鬼現在要睡覺，妳可以出去了。」

阿遙扁了扁嘴，嘀咕道：「看一下又不會少塊肉。」

「妳說什麼？」

阿遙呵呵一笑，慢慢沉入地板中，「我說莫榛大人，晚安。」

☽ ☽ ☽

七月二十五日，早上六點整，唐強的來電準時響起。莫榛還有些迷迷糊糊的，接起電話後只含糊不清地說了一個喂字，語氣裡還帶著濃濃睡意。

「莫榛，今天不用去片場，九點來公司一趟。」

莫榛沉默了良久，才道：「現在幾點？」

「六點。」

「幾點去公司？」

「九點。」

「我想換個經紀人。」

「嗚嗚嗚，你好狠的心啊莫榛……」

嘟……嘟……嘟……

睡了個回籠覺後，早上八點，莫榛神清氣爽地開車出門。

「為什麼今天不用去片場？」阿遙坐在副駕駛座，有點期待的感覺。

這是她生平第一次去經紀公司，不對，死後第一次去經紀公司，應該能看到很多明星，光想到這點就覺得激動不已。

「不知道。」

話雖如此，莫榛其實隱約能猜到一點——八成要講關於宋霓的事。

凱皇的大樓位在市中心，經常有粉絲結伴前來朝聖，遇到寒暑假時，公司門口的人就更多了，幾乎成為另類的觀光景點。

莫榛戴著墨鏡，假裝自己是工作人員，低調地從員工通道開進地下停車場。

經過大門時，不少守在門口的粉絲朝車內打量，但看了一陣沒看出什麼端倪，又收回目光繼續緊盯門口。

停好車後，莫榛在地下一樓進了電梯，前往三十六樓。三十六樓是唐強的辦公室，莫榛的休息室也在同一層。

叮一聲，電梯門緩緩開啟。阿遙看著又長又亮的走廊，興奮地四處打量。

唐強的辦公室在最尾端，門半掩著，隱約能聽到交談聲，其中一個應該是唐強請來幫忙接電話的助理。

「早知道莫天王那麼寂寞地一個人逛遊樂園，我一定會鼓起勇氣約他！」

「得了吧，妳有他的電話嗎？」

「嘿嘿，之前唐哥不在時，我偷偷去他辦公室裡拍了一張公司內部的通訊錄。」

「被發現妳就死定了……告訴我莫榛的號碼，我就不舉發妳。」

莫榛將對話一字不漏地聽進耳裡，腳下步伐沒有半分遲疑。

「比起這個，昨晚宋霓被圍攻才精彩！」

「那個我也看見了，我還為討伐大軍盡了一份綿薄之力呢！」

「哈哈哈哈，我也是我也是……」

「誰有我的電話號碼？」微帶威脅性的口氣，莫榛笑著踏入辦公室。

兩名女子銀鈴般的笑聲迴盪在空間中，直到他踏入那一刻為止。

彷彿空氣都凝滯了，她們的腦中頓時只剩三個字。

完蛋了！

第十六章

偶像

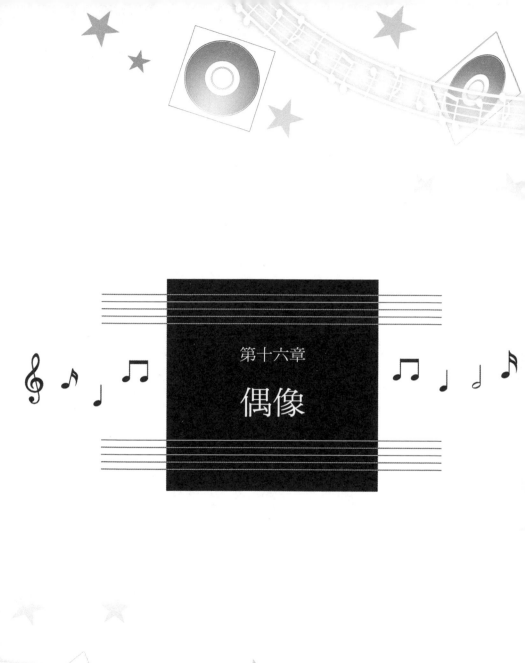

「莫、莫榛……」身穿粉色長裙、畫著淡妝的女子朝莫榛扯了扯嘴，艱難地露出微笑，「我、我突然想起還有事，先上去了！」

話音未落，人已經飛快地和莫榛擦身而過，高跟鞋踩在光滑的地板上，發出喀喀喀的脆響。

粉色背影迅速消失在走廊盡頭，留在辦公室中的棕衣女子甚至來不及跟著跑——可惡，溜得太快了吧！

「韓梅梅。」莫榛走到棕衣女子面前，搭住她的肩，「把我的電話號碼刪掉。」

簡短的命令，韓梅梅卻跟聽了軍令一樣，毫不遲疑地拿起手機，準確地找到莫榛的電話，立刻刪除。

看著她刪了電話號碼，莫榛才退開距離，韓梅梅大鬆一口氣，呼吸比剛才順暢了不少。

「要是再被我聽到妳和 Lucy 在背後聊我是非……」

「保證不會再有第二次了！」她趕緊發誓，以免莫榛說出什麼威嚇的言語。

莫榛滿意了，微微揚起嘴角，轉身進了唐強的辦公室。

直到莫榛進去五分鐘左右，韓梅梅才癱軟坐下，點開了不停閃爍的訊息視窗。

boss 是個大變態：韓梅梅妳還活著嗎？

boss 是個大變態：妳一定要撐住啊！

boss 是個大變態：我會去幫妳收屍的 QAQ

boss 是個大變態：韓梅梅，喝了這碗孟婆湯，下輩子還能頭好壯壯的！

掃了一眼消息紀錄，韓梅梅啪啪啪地在鍵盤上敲擊。

九製話梅：莫天王對我放了大絕！HP已歸零！

boss 是個大變態：只要還活著，就有機會東山再起！

boss是個大變態：是佛山無影腳還是降龍十八掌？

九製話梅：是失傳已久的美男計！

boss是個大變態：……妳撐住了嗎？

九製話梅：沒有，我把他的電話號碼刪掉了

boss是個大變態：把我的同情還給我，我們不再是戰友了！

九製話梅：但是我早就把他的號碼背起來了

boss是個大變態：今晚請妳吃烤肉～親愛的朋友～

九製話梅：這才對嘛，掰啦

進了唐強的辦公室，莫榛直接在他對面坐下。唐強的桌上擺著幾張照片，是凱皇現在最紅的男子團體「OH MY GOD」的最新宣傳照，出道僅三年便奪下了團體專輯銷量的冠軍。

莫榛淡淡掃過照片上的五個團員，年輕、帥氣，且各屬不同風格的臉龐確實很受少女歡迎。

阿遙指向某張照片上位在中間的男孩，「我喜歡這個人。」

莫榛揚了揚眉，算是稱讚她的眼光。

那個人是OH MY GOD中人氣最高的一個，張承亦，不過任何人跟自己比，都差了很大一截。內心莫名升起一股得意，莫榛微微揚起下巴，看了阿遙一眼。

作為一隻鬼，能和自己待在一個屋簷下，她已經算很有福氣了。

「所以，找我來有什麼事？」回過神，莫榛看向唐強，沒有客套的寒暄，甚至連早安都沒說一句。

唐強乾咳了兩聲，開口道：「ＦＢ上的事公司已經知道了，上面說以後宋霓不會再纏著你了。」

「還有呢？」

「《上帝禁區三》的劇本有改動，宋霓那個角色……可能會抽掉。」

莫榛有些意外，他倒是沒想到公司會處理得這麼俐落。宋霓飾演的奈莎雖然是臨時加入的，但因為是高森的助手，所以很可能會出現在上帝禁區後幾部中。現在劇本一改動，就是斷絕了這個可能性。

「莫天王，現在不用再想跳槽的事了吧？」唐強起身倒了杯熱水，放到莫榛面前。

對於唐強殷勤的舉動，他不為所動，「老頭子忍心放棄宋霓了？」

唐強苦笑，他昨晚可是一直開會到半夜兩點，「他們大概會企劃另一套方案給宋霓。不過你知道，董事長最討厭公司藝人傳出緋聞，任何形式都不行。」

莫榛不置可否，凱皇是演藝圈中數一數二的大公司，除了在包裝偶像上很有一套，對藝人的管理也相當嚴謹，這也是凱皇擁有大批藝人卻鮮少有負面新聞的原因。

「劇本今天之內就會改好，明天恢復拍攝，不要遲到了。」唐強看了他一眼，不放心地叮囑道。

「知道了。」莫榛正準備離開，辦公室的門又被人敲了兩聲。

「請進。」

房門打開，張承亦從外面走了進來。

莫榛本來已經抬起的腳落了下來，從容地轉個身，重新在椅子上坐下。

張承亦看見莫榛時沒有殷勤問好，只點了點頭，便看向唐強，「唐哥，有什麼事？」

唐強指了指莫榛旁邊的空位，「坐吧。」

「不用了。」張承亦站在原地沒有動，「有什麼事就直說吧。」

唐強看著他，聲音裡多了幾分嚴厲，「承亦，你老是和隊員不和，影響的不僅是個人發展，整個團隊也會扣分。」

張承亦抿了抿嘴角，沒有回話。

「作為公司的藝人，我覺得你應該先學會服從公司的管理。」

張承亦輕笑兩聲，瞥了莫榛一眼，才轉頭對唐強道：「莫天王不也一樣特立獨行嗎？」

「等你到他的地位，再來和我討論特立獨行的問題。」唐強似乎被張承亦眼裡的笑意激怒了，整個臉色都沉了下來。

平常溫和幽默的唐強，突然用這麼冷漠的語氣說話，讓阿遙嚇了一跳，下意識地躲到莫榛背後。

「唐強，別那麼凶。」莫榛靠在皮製座椅上，光明正大地聽著他們的對話，沒有半點迴避的意思。

唐強一對上莫榛就沒轍了，他喝了口咖啡，潤潤喉嚨。

張承亦放在身側的手漸漸握成拳，不自覺地加大音量，「一直按照公司的方針發展下去，我永遠也到不了他那個地位！」

此話一出，其餘的兩人一鬼都定定地看著他，要知道這種話從新人口中講出來是最要不得的。

「你的粉絲喜歡的只是公司塑造出來的你，去除這層外殼，你什麼都不是。」莫榛的語調平穩，偏偏字字都刺在聽的人心裡。

話雖傷人，卻是事實。

唐強看了莫榛一眼，接下話頭，「莫榛說的沒錯，演藝圈很現實，你不想走公司為你打造的路，很可能就會無路可走。」

這不是威脅，他曾遇到過很多剛入圈的新人，都懷著夢想，幻想自己能成為明日之星。事實上，真正的天王巨星，凱皇這些年來只出了莫榛一個。

張承亦沒再說什麼，只是沉著臉站了一會兒，便離開了。

莫榛問道：「他想單飛？」

「嗯，他認為團體限制了他的發展。」唐強點了點頭，「他確實有些才華，但想走創作型路線還差了點。」

好高鶩遠，大概是所有新人的通病。

唐強的目光在桌上幾張照片上掃了掃，按下通話鍵，「韓梅梅，進來。」

韓梅梅進來得很迅速，唐強遞給她一張宣傳照，吩咐道：「告訴Lily，下張專輯用這張當封面。」

「好的，唐哥。」韓梅梅接過照片。

這張照片中，站在中間的不是人氣最高的張承亦，而是一直和他傳不和的吳言。

第十七章

被困

九製話梅：張小帥可能要被打入冷宮了！

韓梅梅桌上擺著剛才唐強遞給她的那張宣傳照，急急忙忙地發送訊息。

boss是個大變態：為什麼？難道是因為他不願屈服於唐哥的淫威之下？

九製話梅：喂喂喂，唐哥又不是你家老闆，他不玩小男生的，他的真愛是莫榛好嗎？

boss是個大變態：不要說不要說！又讓我想到今天安歌和羅大boss一起來公司，還一起進了小黑屋！

九製話梅：這麼說起來，剛才莫天王和張小帥也都在唐哥辦公室裡。

boss是個大變態：三、三個人一起！唐哥的技術如此高超嗎？口味好重啊啊啊啊！

韓梅梅忍不住大笑起來，正要繼續打妄想的內容時，辦公室的門打開了。

她一秒之內關掉視窗，從椅子上站起來，「莫先生慢走！」

莫榛沒說什麼，徑直往走廊去了。

看著他的背影漸漸遠去，韓梅梅拍了拍胸口，重新在椅子上坐下。

九製話梅：莫天王走了。

boss是個大變態：羅大boss剛剛也從辦公室裡出來了。

九製話梅：……我有一種很不祥的預感。

boss是個大變態：好巧，我也是！

九製話梅：妳覺得我們要不要先報警？

boss是個大變態：……報吧，先備個案也好。

走廊和來時一樣空曠，阿遙飄在半空中，不遠不近地跟著莫榛，「莫榛，我覺得你剛才話說得太重了。」

「是嗎？」莫榛雙手插在外套口袋裡，嘴角微微勾起。

阿遙總覺得這個笑容不太友好，還是壯著膽子繼續道：「你這樣說他，萬一他崩潰了怎麼辦！」

「你很喜歡張承亦？」莫榛走到電梯前，狀似無意地問了一句。

「長得滿帥的。」阿遙實話實說，哪個少女不喜歡帥哥啊。

「哼，不僅智商低到地平線以下，連眼光都有問題。」莫榛冷哼一聲，完全沒察覺到電梯是從三十八樓下來的。

阿遙看著莫榛明顯不爽的側臉，眨了眨眼，「幹嘛這麼說，我覺得你長得最帥啊。」

聞言，莫榛表情柔和了些，就算知道她有可能只是在奉承自己，但心裡產生的竊喜是怎麼回事？

沒給他多餘的時間思考，叮一聲後，電梯的門開了。

裡頭站著一個西裝筆挺的男人，看見他，莫榛忍不住皺起眉頭。

是羅天成。

羅天成顯然也沒想到出現在面前的會是莫榛，幾乎是下意識地吹了聲口哨，眼裡閃爍著興奮的光，「莫榛，這麼巧？」

莫榛站在電梯口沒說話，也沒有走進去。

阿遙的目光在兩人之間流轉，敏銳地察覺了重點——這個男人看莫榛的目光和當時的小熙一模一樣。

……天啊，今年變態怎麼這麼多？

兩人還在僵持不下，電梯門緩緩關上，卻被羅天成眼疾手快地攔住了，「莫榛，不進來嗎？」

莫榛抿了抿唇，右腳一邁跨進了電梯。

電梯門再次關上，阿遙站在羅天成和莫榛中間，企圖將他們兩個阻隔開來，雖然誰都碰不到她。

樓層顯示螢幕上的數字慢慢減少，羅天成開口了：「莫榛，不管什麼時候看到你，你都這麼好看。」

阿遙瞪大了眼，趕緊雙臂張開護著她家房東！

莫榛只是瞥了眼阿遙的笨蛋舉動，又繼續看向電梯門，完全無視羅天成調戲般的言語。

那冷若冰霜的側臉更加勾起了羅天成的征服欲，他上前去抓莫榛的手臂，不過莫榛飛起的拳頭比他的動作更快，一拳將人打到牆邊。

看著那穿過自己身體的拳頭，阿遙嚇得差點沒竄出電梯。如果不是因為碰不到她，她應該早在第一次見面就被莫榛打成肉餅了！

「莫榛，你的脾氣還是和當年一樣暴躁。」羅天成抹了抹嘴邊的血漬，像是想起了什麼愉快的經歷，竟笑了起來。

莫榛理了理衣服，「羅先生不是只喜歡小男生嗎？我今年都二十六了。」

扶著牆壁站直身體，羅天成毫不掩飾眼裡的貪戀，「如果對象是你，年齡根本無關緊要。」

那赤裸裸的目光讓莫榛渾身不舒服，他轉身按了最近的一層樓，直接走了出去。

羅天成看著莫榛漸遠的背影，嘴角噙著一抹志在必得的笑。

倏然，電梯燈突然熄滅，緊跟著匡噹一聲，電梯猛地停了下來。

羅天成還沒站穩，左肩狠狠地撞在側壁上，痛呼一聲。

「這是怎麼回事！」他試著從口袋裡掏出手機，但摸了老半天都沒東西，

「奇怪，我的手機呢？」

黑暗中，離羅天成最遠的角落裡，一臺關機的手機靜靜躺在地上。

莫榛走了沒兩步，就聽到背後傳來驚呼聲，說是電梯出了問題。他停下腳步，目光移到阿遙身上，「妳做的？」

「絕對不是！」阿遙瞪大眼睛湊到他面前，「看我真誠的眼神。」

「妳眼睛小得和米粒一樣，看不見。」莫榛轉身繼續走，嘴角揚起一抹笑容。

「……嗚嗚嗚嗚，莫榛你這個大壞人！」阿遙邊裝哭邊跟在後頭。

大樓的警衛來得很快，不出三分鐘時間就到場處理了。

莫榛還留在二十三樓，饒有興趣地等著看警衛如何營救羅天成。

「裡面有幾個人，有沒有受傷？」警衛在門外大喊著。

還在找手機的羅天成聽到聲音，抬頭喊道：「還磨蹭什麼？快點把電梯修好！可惡！我的手機到底在哪……」

「哈哈哈哈哈哈哈！」阿遙仗著沒人能聽見自己說話，誇張地笑了起來，「找不到手機吧，哼哼，我早就拿出來扔到旁邊啦！」

或許是因為阿遙幫忙出氣，莫榛的心情似乎好了一點。「走吧。」他轉過身，朝樓梯走去。

阿遙跟上，還依依不捨地朝電梯看了一眼，「不繼續看嗎？」

「不看了。」莫榛推開樓梯口的厚重鐵門，頭也不回地走了。

從二十三樓下到一樓，雖然很輕鬆，但也要花上不少時間。

「其實你可以坐另一部電梯。」阿遙飄在莫榛身後，她用飄的沒差，但莫榛用走的應該也會累吧。

莫榛沒正面回應，只是低笑道：「為什麼要捉弄羅天成？」

阿遙撇了撇嘴，「誰叫他想占你便宜，我都沒占過呢。」

莫榛的肩膀微微一晃，轉過身來看著阿遙，「妳說什麼？」

「你聽錯了，當然是為了保護房東！呵呵，呵呵呵……」阿遙生硬地轉移話題，「對了，他剛才說了『當年』，所以以前發生過什麼事嗎？」

莫榛臉色瞬間鐵青，繼續往下走，「沒什麼，就和今天一樣，我揍了他一頓而已。」

阿遙湊上去道：「我不信，你一定還隱瞞了什麼……啊，該不會他那次成功吃到你豆腐了吧！嗚嗚，我還沒吃到半口啊，老天怎麼可以這麼不公平，看在我是鬼的分上好歹也……」

莫榛瞥了她一眼，打斷她的自言自語，「上次我打斷了他一顆牙齒，比這次慘多了。」

阿遙一聽，鬆了口氣，「好險不是被吃豆腐吃成功……」

◌ ◌ ◌

第二天，《上帝禁區三》恢復拍攝，莫榛拿到了重新改過的劇本。裡面除了刪掉宋霓大部分的戲之外，其餘人倒是沒有多大變動。

莫榛拿著劇本翻了兩頁。

今天宋霓沒來片場，但不管是工作人員還是其餘演員都像沒察覺一樣，很有默契地隻字不提。他們不提，莫榛更不會主動提起。

照新劇本的安排，宋霓大概還剩下三場戲，就要因為感染病毒領便當了。

不得不說，編劇對全劇的掌控力就和他見風轉舵的本領一樣好，至少他一定早就想好了幾個支線結局，用來應付這種加戲刪戲的情況。

中午還是在片場吃便當，平時都是唐強去拿的，但如果唐強有事，就由劇組的工作人員拿便當過來。

莫榛看著眼前的鬍子大叔，眼皮不自覺地跳了兩跳，「你是誰？以前沒見過你。」

「旺旺便當。」鬍子大叔從上衣口袋裡抽出一張油膩膩的名片，在莫榛面前晃了晃，「你們一直吃我家的便當。」

「嗯，謝謝。」莫榛接過便當，打算等鬍子大叔離開再開始吃。

等了一下，他發現鬍子大叔還在，「呃，還有什麼事嗎？」

鬍子大叔把名片翻到背面，又在莫榛面前晃了晃，「我還有一個副業，就是幫人捉鬼。」

莫榛的眉峰一動。

「莫先生，我留意你很久了，你是不是被鬼纏住了？」

第十八章

捉鬼

眼前的鬍子大叔下頷蓄著一圈毛茸茸的鬍鬚，在陽光下還泛著些許油光。像是長年沒有睡好似地，凹陷的眼窩下染著兩片明顯的青黑，就連瞳孔都帶著混濁。

可是他看著莫榛的目光卻格外認真。這樣一句話，聽進別人耳裡只會當他在胡謅，但對莫榛而言，若只是隨便說說，也未免說得太準了。

抬頭對上鬍子大叔的目光，莫榛心裡沒來由地一陣慌亂，但他終究沒顯露出來，反而更加鎮定，神情露出淡淡的譏諷，「不好意思，我不信教。」

大叔抿了抿唇，「莫先生，我不是來傳教的，這件事雖然聽起來有點荒謬，但請相信我的專業判斷。」

「呵。」莫榛嗤笑一聲，「我更相信醫院的精神鑒定。」

「我真的沒病。」鬍子大叔一拍自己的大腿，看樣子有些急了。他抬手指了指莫榛的身旁，篤定地道，「她應該就在這裡，而且是個女孩。」

那根粗糙的食指不偏不倚地指著阿遙的位置。

阿遙微微一愣，伸手在鬍子大叔面前晃了晃，「你看得見我嗎？」

鬍子大叔沒有反應，顯然看不見阿遙。

莫榛放下便當，「這位先生，如果你還要繼續說下去，我就報警了。」

鬍子大叔對於這種威脅似乎見怪不怪，飛快地從懷裡抽出了一張紙，阿遙定睛一看，竟然是一張黃符。

莫榛也是一愣，還沒反應過來，鬍子大叔已經劈里啪啦地念了一大串咒語，接著將黃符往空中一扔，黃符竟然燒了起來。

「呀！」黃符燃燒的火光似乎特別刺眼，阿遙用手臂遮住眼睛，身形不穩地閃爍了幾下，接著便消失不見。

莫榛心頭一緊，騰地從椅子上站起，四處張望著。

阿遙消失得很徹底，連根頭髮都沒留下。

「你做什麼？還想用這種把戲來騙人嗎？」莫榛轉身看著鬍子大叔，眼裡醞釀著洶湧的怒火。

鬍子大叔被吼得愣在原地，連黃符飄落在地都沒注意。

因為這聲怒吼，劇組裡不少人也注意到這邊的動靜，紛紛上前詢問情況。

莫榛心中不耐，飛快地解釋了一遍。

聽完後，劇組的工作人員露出了戲謔的目光，試圖將鬍子大叔趕出片場。但鬍子大叔即使被架著走，依然認為莫榛被女鬼纏身，直喊著要繼續抓鬼。

莫榛終於怒了，將桌上的便當提起，一把塞進鬍子大叔懷裡，「你再繼續說，信不信以後再也不會有劇組吃你們家的便當了？」

這是一個嚴重的威脅。

鬍子大叔雖然愛好捉鬼，但畢竟做便當才是正業，莫榛這一招簡直凶狠，他立刻安靜下來，乖乖地離開了。

工作人員見鬧事的走了，便回自己位置繼續吃飯。

莫榛哪還有心情吃飯？他藉著去廁所的理由，趁著大家不注意時，偷偷地拐到了一個隱祕的角落。

壓低聲音叫了幾聲阿遙，卻只有偶然颳過的暖風回應他。

莫榛的眉頭又皺緊了幾分，掏出手機，飛快地登入了通訊軟體。

「師父，你認識旺旺便當的人嗎？」

等了三分鐘，對方一直沒有反應。

莫榛的耐心告罄，擰著眉頭盯著手機看了一陣，登出了軟體。修長的指尖在螢幕上飛快地滑動，經過幾分鐘後，總算從電話簿裡找到一個久未聯繫的號碼，想也沒想地撥了出去。

您撥的號碼是空號，請查明後再撥。

果然。

莫榛重重按下掛斷鍵，頹然地放下手機，試圖將心頭的煩悶全都發洩在手機上。在原地踱了兩步，又叫了幾聲阿遙，依舊沒有回應，但休息時間要結束了，也只能先回去拍戲再說。

剛走到前邊的轉角處，手機就瘋了似地震動起來。

莫榛掏出手機一看，正是自己剛才撥出去的號碼，趕緊按下接通。

剛接通電話，一個男人的聲音就從聽筒裡傳出，「什麼事這麼急？」

聽著師父濃濃睡意的聲音，莫榛握著手機的手猛地收緊，幾乎是咆哮出來，「師父，為什麼你的電話永遠是空號！」

對方的聲音依舊淡然，「我的電話只有有緣人才打得進來。」

深吸一口氣，莫榛不想浪費時間繼續爭辯這個問題，「你認識旺旺便當的老闆嗎？」

「旺旺便當？」電話那頭的人想了一下，「他們家的培根炒飯味道不錯。」

沉默了兩秒，莫榛又道：「你知道那家店的老闆自稱會抓鬼嗎？」

這次換對方沉默了一會兒，「莫榛，你在身邊養了一隻鬼？」

莫榛的嘴角動了動，沒有承認也沒有否認，「那個老闆點了一張黃符，有沒有什麼危險？」

這次對方沉默更久了，久到莫榛一度以為電話掛斷了。

「師父——」

「放心吧，阿旺的道行要是真能抓到鬼，他就不用賣便當了。」

有了師父的保證，莫榛總算鬆了口氣。上次阿遙休息好了就會自己回家，這次應該也一樣吧？

「但如果連阿旺都察覺到了你被鬼纏住，代表你真的和那隻鬼走太近了。」

莫榛沉默，他當然知道活人一直和鬼待在一起不好，但他至今仍未覺得身體有什麼異樣，所以才刻意不去想這個問題。

「你上次找我是不是也和這隻鬼有關？」

「……對。」

「唉，我會盡快回去，必要時可以用我給你的護身符。」

「她沒有惡意。」下意識地，莫榛想要為阿遙辯解。

師父只說了四個字：「人鬼殊途。」

人鬼殊途——這個道理早在莫榛五歲時便知道了，所以他從不理會那些吵著要自己幫忙的孤魂野鬼，只是阿遙……感覺和那些鬼不一樣。

有些自嘲地笑了笑，莫榛對著話筒低聲道：「我知道了。」不敢繼續聽下去，他匆匆地掛了電話。

從角落裡走出來時，導演已經在叫人準備拍攝了。

莫榛深吸一口氣，重新整理情緒，朝攝影棚走了過去。

從來沒有人能影響他的專業表現，從來沒有。

封閉的實驗室裡，高森坐在電腦前敲擊著鍵盤，螢幕上不斷切換的內容映照在助手厚厚的鏡片上，就像在播放一部靜默的電影。

助手站在高森背後看了一陣，神情凝重地推了推鼻梁上的眼鏡，「博士，病毒似乎開始變異了。」

高森停下手上動作，側過身子看向助手，微微揚了揚下巴。

兩人對視了五秒，莫榛扶額道：「抱歉，我忘詞了。」

「卡，休息五分鐘。」

崔導洪亮的聲音在布景室響起，走到莫榛跟前，拍了拍他的肩膀，「怎麼

了？你以前可從來沒忘詞過。」

「抱歉。」莫榛揉了揉眉心，虛弱地道。

見他神色疲憊，崔導再次拍了拍他的肩，走回攝影機前。

莫榛靠在椅子上閉目養神，努力讓自己回復狀態。

當攝影機再次對準莫榛時，他咬了一口手裡的檸檬，終於慢慢找回了高森的感覺。

看著莫榛的眼神，崔導滿意地點了點頭。一個優秀的演員不僅要有精湛的演技，還要能快速調整心理狀態。

之後的拍攝還算順利，晚上七點，終於完成了今天預定的拍攝進度。

莫榛心不在焉地開車回家，突如其來的大雨讓他不得不放慢車速。他討厭雨天，衣服溼答答地黏在身上的感覺，很不舒服。

將車開回別墅區，雨還沒停。

嘩啦啦的雨聲充斥四周，前面那棟熟悉的房子，有個少女屈膝坐在門前。

一切都和莫榛第一次見到阿遙時的情景一樣。

他停好車，走到少女跟前站定。

聽見腳步聲，阿遙從雙臂中抬起頭，看見眼前人的時候，略顯蒼白的臉上綻開了笑容。

「莫榛，你回來啦。」

「我回來了。」

懸了一下午的心，終於落回了胸口。

第十九章

三圍

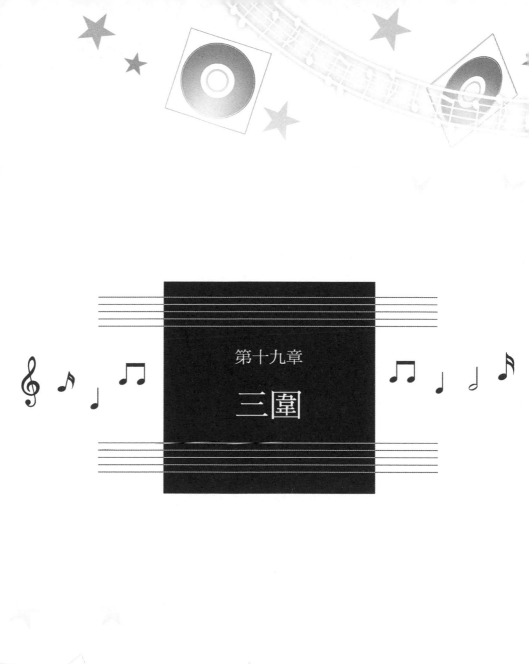

趴在沙發上，阿遙一邊仰頭看著莫榛擦頭髮，一邊不滿地抱怨：「那個大叔真討厭，嚇了我一跳，還以為這次死定了！」

莫榛握著毛巾的手頓了頓，提醒道：「妳已經死過一次了。」

「還可以魂飛魄散、永不超生什麼的啊。」

「妳這麼想試試看？」莫榛將毛巾晾在旁邊，轉身往二樓走去。

阿遙連忙追了上去，「莫榛，你要睡了？」

「洗澡。」莫榛的回答乾脆俐落。

阿遙的眼眸亮了亮，殷勤地湊上前，「需要幫助嗎？不管是按摩推拿，我都手法一流，而且是免費的喔！」

「按摩師小姐，我有一個疑問。」

「哼哼，說吧！不管是腰痠背痛，還是感冒前兆，我都知道要按哪裡！」

「妳摸得到我嗎？」

「……我錯了。」

莫榛回頭看著她，笑著點了點頭，「知道就好。幫我守好門口就行了。」

「不用吧。」阿遙有些不贊同，「這裡除了我，不會有人想偷看你洗澡了。」

莫榛心想，能這麼坦蕩蕩地說出口，也是一種能力。

阿遙最終仍沒膽進浴室偷看，當莫榛帶著一身水氣出來時，她還像望夫石一樣盯著浴室門口。

沐浴乳的獨特香氣在空氣中瀰漫，縈繞在鼻尖的氣息就像罌粟一樣誘人深陷。

阿遙呆呆地看了一陣子，終於說出一句話，「你怎麼穿著衣服就出來了……」

莫榛深吸了口氣，克制自己不要發火。

突然覺得，她不在反而清淨。

快速地吹完頭髮，他回到一樓，在冰箱裡翻找一陣，決定先解決今天的晚飯。

阿遙也不知怎麼了，老黏在莫榛身邊，走到哪跟到哪，十足十的鬼樣。

找了幾盒熟食放進微波爐加熱，莫榛在餐桌旁坐了下來，「今天那個送便當的是不是傷到妳的頭了？」

阿遙下意識地摸了摸腦袋，「沒有啊，我逃得很快。」

「那為什麼我覺得妳比之前還蠢？」

「……這一定是你的錯覺。」

食物熱好，莫榛邊拿筷子邊道：「明天開始，不要跟去片場了。」

噩耗從天而降，阿遙禁不住這一打擊，「為什麼為什麼為什麼？」

那雙水汪汪的大眼像極了被人遺棄的小狗，莫榛嘖了聲，果然是在片場待久了嗎？演技簡直突飛猛進啊。

「那個人說不定還會來，妳待在片場不安全。」莫榛低下頭，默默夾起一塊排骨，試圖掩飾自己的情緒。

「他要是敢再來，我就揍扁他！」阿遙說這話時，眼裡的鬥志都在燃燒。

莫榛抬眸瞥了她一眼，「用什麼揍扁他？左手還是右手？」

「用姑娘我神乎其技的法術！」

「大風吹和困電梯？」

「唔……」

為什麼她的兩個必殺絕技被莫榛一說，就感覺弱了很多？至少應該叫無敵大風吹和絕命困電梯啊。

「總之妳最近給我老老實實在家待著，等風頭過了再說。」

「總覺得我好像被金屋藏嬌的感覺。」阿遙嘿嘿笑著，飄到莫榛旁邊。

「記得打掃房子。」

「……莫榛大人我錯了。」

「知道就好，但房子還是要掃。」

阿遙的抗議最終被駁回。莫榛向來說一不二，況且阿遙還是寄居在他家的女鬼，沒有人權，所以她的事還是莫榛說了算。

隔天，阿遙果真乖乖待在家裡掃地。

聽見開門聲時，阿遙二話不說地撲上了上去，「小榛榛，你都不知道我有多可憐！我一個人待在家裡，空虛又寂寞，無聊又難耐，所謂一日不見如隔三秋，你不能再這樣虐待我！」

「……」莫榛看著少女一臉哀怨，瞬間感覺自己做了什麼十惡不赦的事。

走到沙發上坐下，阿遙還在訴說著自己的滿腔委屈，莫榛拿餘光打量著她，真可惜她是隻鬼，這麼傳神又拿捏得恰到好處的眼神，崔導一定喜歡。

「今天那個旺旺便當的人又混進片場了，妳明天也乖乖在家待著吧。」

「可是我真的很無聊啊！」阿遙終於不裝了，「電視沒什麼好看的就算了，連網路都不給我用！」

其實這才是她的目的吧？

「好吧，明天開始妳可以上網，但前提是不准在網上亂說我的事。」

阿遙趕緊問道：「真的嗎？那你的三圍是多少？」

莫榛吸了一口氣，笑咪咪地看著阿遙。

阿遙嬌羞地低下頭，雙手背在身後扭了兩下，「別這樣看著我，很不好意思耶。我不能告訴你我的三圍，這是少女的祕密。」

「……」莫榛心想，妳還會不好意思嗎？城牆在妳臉皮面前都嫌薄了！

在心裡吐槽完畢，剛要張嘴說話，阿遙就捂著耳朵退後幾步。

「不要告訴我！讓我自己量！」

突然覺得，也許讓那個鬍子大叔收了她也好？

莫榛站了起來，理了理身上的衣服，難得紳士地問道：「妳打算怎麼量？」

「當然是用雙手。」阿遙笑得很開懷，張開雙臂飄到莫榛面前，眼神變態得讓人無法直視，莫榛於心不忍地低下了頭。

看著莫榛放棄抵抗的樣子，阿遙簡直不敢相信豔福就這樣降臨到自己身上，必須趕在他反悔之前立刻上！

下一刻，阿遙纖細白皙的手臂準確無誤地環上莫榛的腰，卻不敢摟緊，因為她怕再圈緊一點，手就會從莫榛的身體穿過去。

她不想看見這樣的場景，那好像在告訴她，他們不是同類一般。

莫榛也不知道自己為什麼要這樣縱容阿遙，只是看她將頭埋在自己胸前的樣子，他並不討厭。

阿遙想在莫榛的胸口蹭一蹭，但最終只是做做樣子。把耳朵貼在莫榛心口附近，甚至隱約能聽見莫榛的心跳聲。

撲通，撲通……

阿遙是隻鬼，不會有心跳，可是這一刻她卻覺得自己心跳得飛快，就像要從胸口蹦出來一般。

「量好了嗎？」

莫榛的聲音響起，像是驚擾了睡夢中的人，阿遙不滿地咕噥道：「還沒有。」

分明是在耍賴。莫榛勾了勾嘴角，輕笑一聲，「今天的配額用完了，下次請早。」

語畢，他往後退了一步，拉開了距離。

看著空空如也的雙臂，阿遙嘟囔一句「真小氣」，又不放心地問道：「真的還會有下次嗎？」

莫榛乾咳了兩聲，顧左右而言他，「到底量出來了沒？」

「沒有，不如再來一次吧！」阿遙自認提出了一個美好的建議。

莫榛沉默地看她一眼，才道：「其實密碼不是我的三圍。」

「啊？那難道是……」阿遙的目光默默地往莫榛的下半身移動。

「阿、遙……」

這女孩一天到晚都在想什麼，淨是些變態思想！

吸了一口氣，莫榛淡淡道：「密碼是12345。」

阿遙心想，自己猜了一大堆複雜的數字，結果密碼這麼簡單！

不管怎麼樣，知道密碼總是好的，她興沖沖地跑去開電腦，莫榛果然沒說謊，密碼真的是12345！

阿遙覺得有股怨氣悶在心裡。

「現在沒什麼可抱怨了吧？」莫榛解開領口釦子，準備先去洗澡。

阿遙在屋裡待了一整天，連今天的太陽是圓是扁都沒看到。她想了想，厚臉皮地笑了笑，「榛榛，不如我們去約會吧。」

莫榛無語，可以不要把約會兩個字說得這麼理直氣壯嗎？

「我們都已經是這樣那樣過的關係，難道你不打算負責任嗎！」阿遙一手扠腰，一手指著他鼻子。

「……」莫榛心想，別以為配上一個可憐兮兮的表情就有理了！

「你天天吃微波食品不健康，我們出去吃點營養的吧！」阿遙知道這招行不通，給了一個比較像樣的藉口。

莫榛咬了咬牙，然後淡然一笑，「好吧，我就當帶寵物出門散步了。」

「原、原來莫榛你喜歡玩這種情趣play……」

「……閉嘴！」

⊕　⊕　⊕

夏天天黑得晚，雖然已經快八點了，但天依舊亮著。莫榛邊開車邊在心裡考慮餐廳，最後選了一家最偏僻的店。

雖然是自己死纏著莫榛出門的，但飄進富麗堂皇的西餐廳裡時，阿遙心裡又有些惴惴不安，「榛榛，你說明天娛樂版的頭條會不會是『莫榛獨吃西餐，情傷未癒』之類的？」

莫榛的嘴角抽了抽，她還真會下標題。「放心吧，這裡的客人沒那麼八卦。

還有，不要叫我榛榛。」

「咦，你不喜歡這個稱呼？那我叫你榛子？」

「妳可以叫我房東大人。」

「……呀，這又是哪種情趣 play 嗎？純情房東俏房客類型。」

「嗯，其實妳的確算是翹房客，死翹翹的翹。」

走在前面領路的服務生隱約聽到說話聲，卻不敢細聽，畢竟是大明星，自言自語也可能是在練習臺詞。

莫榛在角落位置坐了下來，這是他常坐的位子。頭頂的燈光經過特別調整，不會太亮又不會看不清對面的人，如同朦朧的黃昏，浪漫得醉人。

阿遙在莫榛對面坐下，抬頭看著牆壁上掛著的油畫。

「怎麼了？」莫榛也看向那幅油畫。

畫家本人小有名氣，莫榛曾見過兩次，都是在公司的聚會上。

他不知道為什麼凱皇會邀請這個人，他也沒興趣知道。他比較好奇阿遙為什麼對這幅畫如此感興趣。

「唔……」阿遙皺了皺眉頭，「總覺得，我好像來過這裡。」

第二十章

豔遇

莫榛微微一愣，轉過頭來看著阿遙，黑色雙眸在燈光映照下有些晦暗不明，「妳想起什麼了？」

阿遙搖搖頭，仍盯著牆上那幅畫，「沒有，只是覺得這幅畫很眼熟……啊！它像是我前幾天試做失敗時，被微波爐炸爛的橘子！難怪覺得眼熟。」

莫榛拿起高腳杯，抿了一口，試圖保持冷靜，「為什麼不用果汁機榨呢？」

阿遙心想，嗚嗚，他一定要用這麼迷人的聲音鄙視她嗎？真是要命！

沒過多久，服務生來上菜。不愧是高級餐廳的水準，色香味俱全，看得阿遙眼睛都發直了。

「這裡的乳酪拼盤很好吃。」莫榛叉起一小塊麵包，為阿遙介紹道。

阿遙呵呵笑了幾聲，「是嗎？請房東大人一定要替我多吃一些。」

莫榛有點想笑，雖然他是故意逗阿遙的，可是看見她那副嘴饞樣，還是忍不住道：「我回去問問我師父，看看有沒有什麼辦法可以讓妳吃東西。」

阿遙眼睛一亮，從椅子上飄了起來，「真的嗎？真的可以吃東西嗎？」自從她變成鬼後，就與美食無緣了！

莫榛盡量不去看對面手舞足蹈的人……呃，鬼，含糊不清地應了一聲。

興頭過了之後，阿遙又好奇起別的事來，「師父？你還有師父啊？」

莫榛的嘴角抽了抽，好像不小心說漏嘴了。

對於師父的事，他向來守口如瓶，何況師父特意交代過，他的事要對外人保密，所以那年暑假發生的事，只有他和外婆兩個人知道。外婆去世後，再沒人知道莫榛還有一個師父。

可是他竟然不自覺地在阿遙面前說起了師父的事。

「他是不是就是你之前說的道士？」阿遙還在追問。

莫榛心想阿遙連人都不是，自然也不能算外人了吧？想想覺得滿有道理的，便坦然地點了點頭，繼續道，「我小時候就能看見孤魂野鬼，拜了師父之後才清淨的。」

「哦。」阿遙若有所思地點了點頭，「那你為什麼還能看見我？」

「我也不知道。」莫榛無聲地笑了笑，想起師父對他說的最初的兩個字——冤孽。

也許他指的便是這個吧。

雖然坐在角落，但以莫榛的身分，還是很多人忍不住打量他。出入這間餐廳的多是政商名流，他們不會像粉絲一樣撲上前簽名拍照，但也有一顆八卦的心。何況莫榛還一直在自言自語，讓人忍不住聯想到他情場受挫導致精神失常的可能性。

「莫榛，總覺得看你的人好像越來越多了。」阿遙環顧四周，他們在不知不覺間就被包圍了。

莫榛輕咳一聲，「所以妳不要再和我說話了。」

阿遙扁了扁嘴，卻真的不再說話了。

有高跟鞋的聲音從後面接近，阿遙轉頭一看，一名穿著黑色連身裙的女人正朝這邊走來。她手裡拿著一杯紅酒，豔麗得如同她唇上的口紅。

「莫天王，這麼巧？」女人走到桌前停下，搖了搖手裡的杯子，「一個人？」

阿遙抬頭打量她，亞麻色的頭髮編成的繁複髮型盤在腦後，上面點綴的銀色水鑽剛好和兩耳上的耳環配成一對。

如果要用一個詞來形容這個女人，比起漂亮，精緻更為合適一些。不說她臉上的妝，就連唇角上揚的弧度，都像經過精密計算，勾起得恰到好處。

「嗯。」莫榛冷冷應了聲。

「真巧，我也一個人，不介意我坐下吧？」

莫榛放下手中紙巾，抬起頭來看著面前的女人。

他從來不缺豔遇，不論是舞會還是派隊，總會有人主動貼上來。

唐曉應該算是她們之中特別出色的了。

模特兒出生的唐曉，在大紅大紫了一陣子後，就自己開起經紀公司，退居幕後，從此伸展臺上再難見到她的倩影。只偶爾在業內的聚會上，大家還能有幸一睹唐曉的風采。

許多人都說唐曉背後一定有金主，莫榛也聽到過不少關於她的消息，不過沒興趣探究，演藝圈還不就是今天這裡睡明天那裡睡。

「抱歉，我已經吃完了。」莫榛從座位上站起。

雖然演藝圈一向喜愛八卦，但他從不想參與其中。

唐曉準備拉開椅子的手硬生生停住，她確實沒有想到，莫榛竟然會拒絕她。

莫榛出道多年，卻幾乎沒有花邊新聞，唯一一次和宋霓傳得沸沸揚揚還是公司的炒作，但是唐曉知道，莫榛一定不缺女人。

這個男人全身上下都散發著一股誘惑人的氣息，簡直致命。

她站在原地沒有動，依然露出恰到好處的優雅笑容，「莫天王何必拒人於千里之外？」自己都主動邀請了，竟然還被拒絕？這種事她從沒遇到過。

莫榛往後退了一步，「抱歉，我是真的吃飽了，下次有機會我請妳吃飯，算是賠罪。」

唐曉皺眉，這種話一聽就知道是敷衍，不行，不能放過他。

「下次還是我請你吃吧。」笑了笑，她微微側過身子，為莫榛讓出一條路。就算這次沒機會，下次吃飯也還能再試試看。

莫榛點點頭，禮貌而疏離地離開了。

看著他漸漸遠去的背影，餐廳裡傳來許多無聲嘆息。本以為可以看一場天雷勾地火的大戲，結果卻演了一齣落花有意流水無情。

離開餐廳，阿遙一直一言不發。莫榛將車開出停車場，側頭看了她一眼，「妳怎麼了？」

「哼。」阿遙瞪他，「不是叫我不要跟你說話嗎？」

「現在周圍沒人了，妳愛怎麼說就怎麼說吧。」莫榛收回目光看著前方，保持著平穩的車速。

阿遙又哼哼兩聲，「我有什麼可說的，你去和剛才那個美女說啊。」

莫榛的嘴角微微揚起，什麼時候她還學會吃醋了？

但阿遙的煩惱莫榛又怎麼會知道。在經歷了小熙、宋霓甚至羅天成以後，今晚又來了一個黑衣美人，阿遙深深覺得她家房東被許多豺狼虎豹覬覦。

而她，卻連喜歡的資格都沒有。

一想到就覺得悲傷，她更不想說話了。

看著阿遙拉得老長的臉，莫榛無奈地笑了笑。小女孩對他是什麼心思他又怎麼會不知道，可是……就像師父說的那樣，人鬼殊途。

就算知道，他又能做什麼呢？阿遙遲早要去投胎轉世。

兩人各自想著心事，一路上異常沉默。

接下來幾天，莫榛依然讓阿遙待在家裡避風頭，避了三天，阿遙已經瀕臨崩潰了。雖然現在能上網，但她只會逛和莫榛有關的網頁，然後又看到一堆粉絲對他表白。

怎麼走到哪裡都能看見覬覦她家房東的人！

阿遙很不開心，所以決定離家出走——嗯，早上離開，晚上回來。

在外面漫無目的地飄著，阿遙不敢走遠，就一直在別墅區附近亂逛。這一帶人煙稀少，偶爾才能見到幾輛車子經過，還清一色是高級轎車。

她蹲在馬路邊逗著一隻黑不溜丟的野貓，心事重重地思考著自己的鬼生。

「喵——」一直在阿遙手下乖乖躺著的黑貓不知受了什麼刺激，突然起身衝了出去。剛跑上馬路，迎面便駛來一輛法拉利，還是鮮豔的大紅色。

駕駛座上坐著一個女人，看見突然衝出來的黑貓嚇了一跳，慌亂得連踩剎車都忘了。

看著絲毫沒有減速的跑車，阿遙嗖地飄了出去，「小心！」

不知是不是錯覺，有那麼一瞬間，她覺得自己好像抱住了那隻貓，然後一鬼一貓滾成一團。

尖銳的剎車聲劃破天際，法拉利終於停了下來，揚起一地塵土。車門打開，一個女人走了出來。

「小貓咪，你沒事吧？」女人蹲下身子，查看著黑貓的傷勢。

阿遙抬頭看著跟前的女人，有些疑惑。

「喵？」

第二十一章

附身

這一聲喵不僅讓女人一愣，更讓阿遙傻在原地。

怎麼回事！為什麼她要喵喵叫！

女人疑惑地看著這隻小貓，看起來牠沒受傷，為什麼在喵完一聲後就突然抓狂的樣子？

「怎麼了？」她伸出手，想為小貓順順毛，卻被牠叫著躲開了。

「喵喵喵喵喵喵！」我不是貓我才不覺得被摸很舒服呢！

絕望了，對這個只能喵喵叫的世界絕望了。

如果可以，阿遙現在只想迎風喵喵叫著哭泣。

女人伸出的手微微一頓，阿遙憤怒地躲開，兩腿一蹬跑了出去。

她再遲鈍，也發現自己附到黑貓身上的事實了。雖然她說過要學附身術，可是……對不起榛榛，我的第一次附身不是給你了，嗚嗚。

不過比起第一次這個敏感的話題，現在擺在面前的是一個更可怕的問題——

她出不來。

就像她不知道自己是怎麼附到小貓身上的，她更不知道怎麼出來。

一口氣衝到莫榛家門口，阿遙抬起前爪絕望地抓著那扇朱紅色的大門。她那些神乎其技的法術全都失效了，現在連個門都穿不過去！

幫門抓了一會兒癢之後，阿遙精疲力竭地趴在地上不動了。

莫榛回來時，發現門口蜷著一隻黑色的貓，眼角不自覺地跳了兩下，他總覺得這個畫面似曾相識。

見他出現，原本趴在地上的小貓彈跳起來，圍著莫榛的腿不停地繞著圈，喵喵直叫。

莫榛看著腳下的黑貓，陷入沉思。

快入秋了，貓發情的機率應該不大。排除這個選項後，他又仔細地觀察了黑貓一番，確定自己不認識牠，開門進屋。

可是在門打開的那一瞬間，小貓迅速地竄了進去。

莫榛頓了一頓，這種不要臉的精神，怎麼跟某鬼十分相似？

小貓進了屋後依然喵喵叫個不停，他考慮了片刻，還是抬腳進了屋，順手帶上身後的大門。

沒再理會小貓，莫榛在屋裡環視一圈，沒看見阿遙。

真是的，都讓她乖乖待在家裡，怎麼還是到處亂跑？

莫榛仰頭朝著二樓的方向叫了一聲。「阿遙？」

「喵！」沒有等到阿遙的答覆，倒是小貓亢奮地叫了一聲，身手敏捷地跳到桌上電腦前。

莫榛發現，這隻貓竟然在開電腦！

很好，難道這是隻妖貓不成？

更重要的是——這隻小貓不僅開了電腦，連開機密碼都知道！

小貓的爪子在鍵盤上敲擊，費力地打了一行字——

棒棒，我是阿遙

莫榛至少沉默了五分鐘之久，才開口問：「可以跟我解釋一下，這到底怎麼回事嗎？」

阿遙揚了揚爪子，又啪啪啪地在鍵盤上按了起來。

這隻貓剛才差點被車撞，我想救牠，結果不小心附到牠身上，出不來了！

莫榛深吸一口氣，拉開椅子坐下，「妳還能再蠢一點嗎？」

阿遙淚眼汪汪地看了莫榛一眼，打字道：這真是一個悲傷的故事。

莫榛扯了扯嘴角，「不，這完全是喜劇電影的情節。接下來妳就會被好心人收養，然後快樂地度過貓的餘生。」

嗚嗚嗚嗚，薄情鬼棒棒，虧我還特地跑回家等你。

用貓的形體裝起可憐就是不一樣，莫榛越看越心疼，嘆了口氣，捲起袖口。

「總之，先去洗澡吧。」

洗澡？阿遙瞬間來了精神，「喵喵！」

這蕩漾的語氣，讓莫榛嘴角忍不住一抽，「是妳洗不是我洗。」將阿遙從桌子上拎起，帶著她進了一樓浴室。

貓天生不喜歡水，但是阿遙在莫榛手下卻愜意得喵嗚直叫——如果可以，其實她更想嗷嗚的。

「妳不要亂動，水都濺到我身上了！」

「喵！」

「叫妳不要亂動了！妳的舌頭在舔哪裡啊！」

「喵喵！」

「尾巴拿開，蠢貓！」

「喵嗚嗚嗚嗚嗚——」

像打仗一樣洗完澡，莫榛已經出了一身汗。將阿遙從池子裡抓出來，他用了一張大毛巾在她身上，動作粗魯地擦乾她濕答答的毛。

水分大致吸乾後，莫榛拿起掛在一旁的吹風機，為阿遙吹毛。

「喵嗚嗚嗚～」

阿遙十分享受莫榛的服侍，早知道當貓有這麼好的待遇，她應該早一點離家出走的。

身體洗乾淨了，莫榛又開始幫阿遙剪指甲。洗澡時阿遙鬧歸鬧，倒是沒有用爪子抓傷他，不過指甲還是得剪，萬一哪天不小心攻擊到可怕的部位就出人命了。

把阿遙放在腿上，莫榛拿起指甲刀小心翼翼地修剪貓爪。

阿遙軟趴趴地趴在他身上，還舒服地用下巴蹭了蹭他的大腿，「喵嗚～」

莫榛按著她的爪子，警告道：「別動。」

阿遙喵了一聲，算是答應。

好不容易修完指甲，莫榛已經快累癱了。在劇組拍了一天的戲就很累了，沒想到回家後還得伺候這個祖宗！

「喵嗚～」阿遙伸出粉嫩嫩的小舌頭，在莫榛的手背上舔了一口，明明是隻貓，卻狗腿得不行。

看得出來阿遙在討好自己，莫榛哼了一聲，將她放在地上，起身上了二樓。

「喵嗚。」阿遙仰著小腦袋看了他一眼，跟著竄上二樓。

莫榛拿著睡衣，直接進了浴室，不一會兒裡面就傳來了嘩啦啦的流水聲。阿遙從臥室的門縫中擠了進來，湊到磨砂門前叫了幾聲，又拿爪子抓了抓，才安靜了下來。

莫榛洗完澡出來，阿遙正乖巧地蹲坐在門口，尾巴一晃一晃的。她主動湊了過去，靠在莫榛腳邊蹭他的小腿，「喵～」

阿遙的毛髮柔軟，癢癢的，還有些舒服。莫榛低頭看了一眼小黑貓，這個傢伙簡直萌得渾然天成。

不過按照莫天王一貫冷漠的性格，他是不會承認自己被萌到的。

用腳尖踢了踢阿遙，莫榛的脖子上掛著一條白色毛巾，轉身朝一樓走去。

忙到現在，連一口水都還沒喝過，還是先找東西果腹比較要緊。

打開冰箱，莫榛才後知後覺地發現到自己已經快彈盡糧絕了。之前買的零食早就吃完了，就連唐強定期儲備的糧食都快見底。

眼前家裡剩的最多的……是檸檬。雖然吃了這麼久，可還剩大半箱。

切開一顆檸檬，莫榛極其自然地咬了一口，彷彿他咬的不是檸檬而是橘子一樣。

「喵！」阿遙趴在冰箱門，前一個勁兒地擋著門。

就算語言不通，莫榛也知道她想說什麼——空腹吃酸的對胃不好！冰箱裡還有東西能吃！

蹲下身來摸摸阿遙的腦袋，阿遙愜意地瞇起眼睛，蹭了蹭頭頂上的大手。

莫榛忍不住輕笑一聲，第一次發現原來逗弄小貓這麼有趣。

說起來，她餓不餓？

搔了搔阿遙脖子，莫榛低聲問道：「妳餓嗎？」

「喵！」阿遙重重地點了點頭。

莫榛想了想，從冰箱拿出一盒牛奶，倒了一小碟放到阿遙面前。阿遙伸出舌頭舔了一下，又奔向了客廳的電腦。

莫榛覺得頭有些痛，卻還是認命般地跟了過去。

啪啪啪啪——

我不喜歡喝牛奶。

莫榛不理她，「貓就應該喝牛奶。」

才不是！

阿遙氣呼呼地又打了一行字：我要吃雞腿。

莫榛瞇起眼，頗具威脅性地道：「再吵就給妳吃貓糧。」

◐　◐　◐

作為一個合格的保姆，咳，金牌經紀人，唐強早就算到了莫榛最近應該斷糧了，於是身為貼心小助理的他，提著好幾大袋的食物奔赴莫榛家。

可是他沒有想過，門打開後看到的會是這幅場景。

一隻貓在……啃雞腿？

唐強心想，雖然貓吃肉，但是直接拿著雞腿啃的貓……應該是個中翹楚了。

「你家的貓真特別，竟然還會啃雞腿。」

莫榛聳了鬆肩，接過他手中的東西，「不愧是號稱凱皇及時雨的男人。」

唐強的嘴角抽了抽，想得意又不敢太得意，「莫榛，你什麼時候養的貓？」

「剛剛。」莫榛走到冰箱前，將塑膠袋裡的食物轉移陣地。

唐強還在盯著阿遙發呆，這隻貓啃雞腿的動作……實在是太熟練了。

「喵？」一直被唐強盯著，阿遙抬起頭來看他一眼。

只一眼，就讓唐強的心都融化了。

好萌啊。

「妳叫什麼名字？」唐強彎下腰，將阿遙抱起，剛要放進懷裡蹂躪一番，手中的小貓卻突然被奪走了。

「貓身上有跳蚤，不要亂抱。」

第二十二章

吃醋

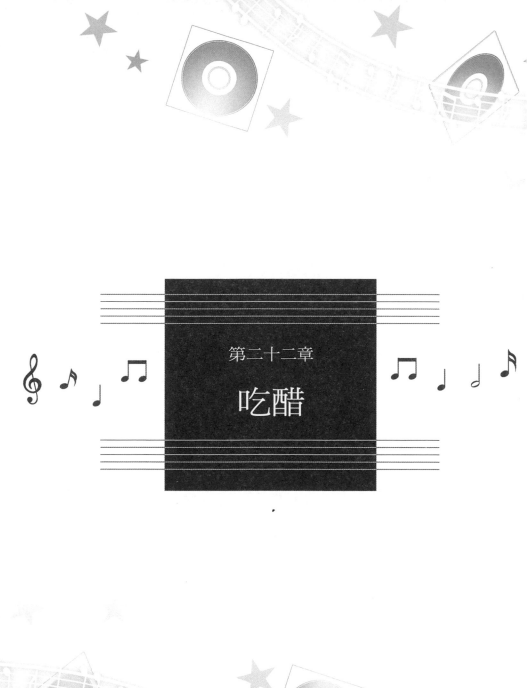

這不容置喙的語氣，唐強不止一次從莫榛口中聽過。只是這一次，卻總覺得有些不一樣，好像在……

吃醋？

唐強的心情有些微妙，在吃貓的醋和吃自己的醋之間猶豫了兩秒，他果斷選擇了後者。

然後他全身上下的雞皮疙瘩都冒了出來。

雖然他覺得自己很有魅力，可是、可是……他不喜歡男人啊！

不過如果是莫榛的話，感覺好像還不錯？

唐強看著莫榛，表情千變萬化，「莫榛，你真的考慮清楚了嗎？」

「什麼？」莫榛兩手提著阿遙的前腿，站在唐強身側，一臉莫名其妙地看著他。

阿遙被吊在半空中，這個姿勢對貓咪來說並不怎麼舒服，可是她卻愜意地打了個哈欠。

「莫榛，可能因為平時你幾乎都和我在一起，才會產生這種錯覺。但你要相信，這並不是真正的感情。」

莫榛盯著他看了一陣，誠心誠意地建議道：「唐強，我覺得你該去談談戀愛了。」

「莫榛，我……」唐強心想，什麼意思，難道是在暗示他嗎？

「唐強，不管我喜歡男人還是女人，都不會看上你，所以你千萬不要對我有非分之想。」

唐強的心都碎成兩半了，就算真的不喜歡，好歹也說個謊吧！

「把食物還給我。」唐強伸出右手，執著地盯著冰箱看。

「幹嘛？已經放進冰箱裡的東西，我不會拿出來的。」

「分手費。」

最後唐強分到了一顆白菜、兩根蔥，捧著自己破碎的心離開了這裡。

阿遙啃完雞腿，滿足地打了一個小飽嗝。莫榛拿著一條濕毛巾將阿遙擦了一遍，才把她放走。

被清理乾淨後，阿遙高高興興地跑上二樓，跳到莫榛床上。

莫榛洗完碗，回到臥室，只見阿遙擺了一個極其可愛的姿勢趴在床上，「喵嗚～」

莫榛抽了抽嘴角，「誰准妳上床的？」

「喵～」

「賣萌也沒用，我不和貓一起睡。」

「喵嗚嗚……」

「裝可憐也沒用，下來。」

「喵。」阿遙嘟囔一聲，自顧自地在床上蜷成一團，閉上眼睛裝死。

莫榛心想，變成貓以後的阿遙，無恥指數簡直直線上升。

看著枕頭邊那一坨黑不溜丟的東西，莫榛始終沒狠下手將她扔出去。

走到電腦前坐下，莫榛點開了桌面上的通訊軟體。

「師父，鬼上身以後該怎麼出來？」

「……你這個問題就像在問吸血鬼該怎麼吸人血一樣。」

這次神棍回覆得非常快，快得莫榛以為自己發錯人了。

確認了一下對話視窗上顯示的確實是神棍的名字，莫榛才繼續打字。

「你只需要回答我的問題就行了。」

「你家的鬼附在別人身上出不來了？哈哈哈哈哈好蠢。」

「師父你被盜帳號嗎？」

「不是，只是好久沒有遇到這麼有趣的事了。」

「……」

「我現在相信她對你沒有惡意了，因為她智商不夠高。」

「……」

「她附在誰身上？」

「一隻野貓。」

這次神棍沉默了好久，才回覆一行字。

「很有創意。」

接著，神棍就默默地下了線，完全沒解決莫榛的問題。

關掉電腦，莫榛回頭看了一眼，阿遙還蜷在原位沒有動，看樣子似乎是睡著了。

他無奈地嘆了口氣，放輕腳步，關掉了頭頂的電燈。

頭才剛碰上枕頭，就有一團毛茸茸的東西湊了上來，蹭在脖子上還有些癢癢的。

莫榛睜開眼，看了一眼自己的胸口，阿遙甩著小尾巴趴在他胸前，腦袋還一個勁兒地往上湊。

這傢伙根本就沒有睡著，就算變成貓，演技還是一如既往地好。

莫榛瞇了瞇眼，本能地縮了縮脖子，好癢。

阿遙不滿地喵了一聲，費盡吃奶的力氣，伸長脖子在莫榛嘴角親了一口。

「喵喵～」得逞的阿遙心情大好，甩著尾巴從莫榛的胸膛上跳下。

也許是因為阿遙是貓的形態，即使被她強吻，莫榛也沒有太大的憤怒。

看著一臉滿足地蜷在自己身旁的小貓，他伸出食指戳了戳她的頭，「睡過去一點。」

「喵。」阿遙閉著眼睛，顯然沒有要挪動的意思。

「我怕翻身會壓到妳。」莫榛又戳了戳她的頭，毛茸茸的腦袋戳起來很容易上癮。

阿遙總算勉強睜開了一隻眼，瞅了莫榛一下，往外挪了一點點。

莫榛無語。算了，反正到時候被壓到的又不是他。

這一覺阿遙睡得十分舒服，輕飄飄的，像躺在羽毛上一樣。莫榛當然沒有壓到她，事實上莫榛的睡相一直都很好，要壓到還有點困難。

雖然唐強說要分手，第二天一早還是準時報到。

莫榛洗漱完後，阿遙還在努力地睜開眼睛。他穿好衣服，走過去摸了摸她的頭，「妳今天還是待在家裡吧。」

之前因為鬍子大叔的事，阿遙被禁足在家裡一段時間。現在雖然鬍子大叔已經放棄在片場捉鬼，但阿遙變成一隻貓，隨時可能被人抓走。

結論是，在她找到從貓身上出來的方法前，依然得待在家裡。

阿遙十分不贊同這個決定，可是無論她怎麼發怒打滾賣萌，都改變不了莫榛的決定，於是她又油盡燈枯地趴在地上裝死。

莫榛仍舊每天早出晚歸。

他不在家的這段時間，阿遙通常都趴在電腦前，對著冰冷的螢幕，專心致志地在網路上偷罵莫榛。

地點依舊選在海角論壇，阿遙登入久違的「貞子」ＩＤ，義憤填膺地在每一個有關莫榛的文章後面回覆。

「榛子年底要出專輯了，等了好久！」

「聽說主打曲是榛子自己填詞寫曲，好期待！」

「**你們的男神一點愛心都沒有，他虐待小動物你們知道嗎！**」

「我混進了《上帝禁區三》的片場！高森帥翻天了，我差點噴鼻血噴到送醫急救，等我喘口氣就來放照片！」

「樓上這口氣喘得好久啊」

「樓樓上該不會是來騙回覆數的吧？」

「你們的男神一點愛心都沒有，你們知道他虐待小動物嗎！」

「每天打卡，榛子好帥，嘿嘿呵呵。」

「每天都要怒舔他三次照片才能入睡。」

「我是新人，第一天加入，請多多指教～」

「你們的男神一點愛心都沒有，你們知道他虐待小動物嗎！」

終於，在阿遙孜孜不倦且一成不變的低級亂罵之下，論壇裡的粉絲們怒了。

文章名：叫貞子的進來！我保證不打死妳！

阿遙還在檢查有沒有漏掉回覆的文章，一不小心就看到這篇。

眨了眨眼睛，阿遙的貓爪子在鍵盤上一按，文章裡頭只寫了一句話——

妳以為在論壇裡設置自動回覆我就怕妳嗎！

阿遙貓眉一皺，她哪裡自動回覆了？每一條都是她辛辛苦苦複製貼上的好不好！

「原PO加油！」

「貞子，想請教妳如何在論壇裡設置自動回覆。」

「靠，貞子又出現了？我還以為她神隱了！」

「榛子從來就沒養過寵物好嗎！在哪裡虐待？沒圖沒真相。」

「望樓上，我猜待會兒又會冒出一個有圖有真相的原PO。還記得當年的水果布丁嗎？」

阿遙越看這些回覆越生氣，怒氣沖沖地喵了一聲，信不信我拍一張自拍照發給你們看！

這麼一想，她激動地在鍵盤上戳了幾下——

「你們的男神一點愛心都沒有，你們知道他虐待小動物嗎！」

「貞子的ＩＰ已封。」

「版主大大！合影留念！」

「耶～笑一個～」

「哈哈哈哈，版主大大是榛子腦殘粉，不服封我ＩＰ啊！」

阿遙抱著試一試的心態戳了幾下電腦，發現最下面的回覆框果然不見了。

世界上果然容不下真話啊，這樣就被禁言，也太霸道了！

知道一隻貓逛論壇有多不容易嗎？竟然還封她ＩＰ！

阿遙憤怒地關掉網頁，關上電腦，跳到沙發上裝死。

莫榛從片場回來時，阿遙已經趴在沙發上睡著了。走到沙發前，他低頭看著熟睡中的小貓，嘴角情不自禁地揚了起來。

這小傢伙睡著時還滿可愛的。

拿出手機，莫榛挑了一個角度，對著阿遙拍了一張，上傳到FB。

——《早安，幽靈小姐01》完

高寶書版集團
gobooks.com.tw

輕世代 FW166

早安，幽靈小姐01

作　　者　水果布丁
繪　　者　arico
編　　輯　林思妤
校　　對　林紓平
美術編輯　彭裕芳
排　　版　彭立瑋
企　　劃　陳煒翰

發 行 人　朱凱蕾
出　　版　英屬維京群島商高寶國際有限公司臺灣分公司
　　　　　Global Group Holdings, Ltd.
地　　址　臺北市內湖區洲子街88號3樓
網　　址　www.gobooks.com.tw
電　　話　(02) 27992788
電　　郵　readers@gobooks.com.tw（讀者服務部）
　　　　　pr@gobooks.com.tw（公關諮詢部）
傳　　真　出版部　(02) 27990909　行銷部 (02) 27993088
郵政劃撥　19394552
戶　　名　英屬維京群島商高寶國際有限公司臺灣分公司
發　　行　希代多媒體書版股份有限公司/Printed in Taiwan
初版日期　2015年11月

國家圖書館出版品預行編目(CIP)資料

早安，幽靈小姐 / 水果布丁著.-- 初版. -- 臺北市：高寶國際, 2015.11-
冊；　公分. --

ISBN 978-986-361-217-9(第1冊：平裝)

857.7　　104020054

三日月書版

三日月書版

GOBOOKS
& SITAK
GROUP©

GOBOOKS
& SITAK
GROUP©